RAPPORT

SUR

LES SÉPULTURES.

RAPPORT

SUR

LES SÉPULTURES,

PRÉSENTÉ À L'ADMINISTRATION CENTRALE
DU DÉPARTEMENT DE LA SEINE.

PAR LE C^{EN} CAMBRY,

ADMINISTRATEUR DU DÉPARTEMENT DE LA SEINE,
ADMINISTRATEUR DU PRYTANÉE FRANÇOIS, ET DE
L'ACADÉMIE DES ANTIQUAIRES DE CORTONE.

A PARIS,

DE L'IMPRIMERIE DE PIERRE DIDOT L'AÎNÉ.

AN VII.

EXTRAIT

Du registre des délibérations de l'Administration cen-
trale du Département de la Seine, en date du
2 frimaire, an 8 de la république française, une et
indivisible.

L'ADMINISTRATION centrale du Département ayant
pris lecture d'un rapport sur les sépultures publiques,
fait par le citoyen Cambry, ex–Administrateur, et
ayant examiné les projets conçus à ce sujet par le citoyen Molinos, Architecte et Inspecteur des bâtiments
civils du Département de la Seine;

Considérant qu'elle ne peut qu'applaudir aux idées
neuves et sentimentales que présentent les rapport et
projets dont il s'agit, et que les motifs qui en ont fait
ordonner l'impression et la gravure doivent, mainte-
nant que l'une et l'autre sont achevées, déterminer la
distribution et l'emploi des exemplaires qui en ont été
tirés;

Ouï le Commissaire du Gouvernement,

Arrête:

ARTICLE PREMIER.

Le rapport du citoyen Cambry sur les sépultures
publiques, et les projets y relatifs du citoyen Molinos,
seront envoyés aux Commissions des deux Conseils, à

la Commission consulaire exécutive, aux Ministres, aux Autorités constituées du Canton de Paris, à la bibliotheque nationale, aux bibliotheques des écoles centrales du département, et à toutes les Administrations centrales de la république.

II.

Il en sera déposé deux exemplaires aux archives du Département de la Seine.

III.

Tous les citoyens devant concourir à la perfection d'un monument qui doit intéresser leur sensibilité, sont invités à faire part à l'Administration centrale de leurs observations sur les plans qui leur sont ici présentés.

IV.

Le présent arrêté sera imprimé et joint au rapport du citoyen Cambry.

Signé, LE COUTEULX, Président; SABATIER, SAUZAY, DAVOUS, et GUINEBAUD, Administrateurs; RÉAL, Commissaire du Gouvernement; HOUDEYER, Secrétaire en chef.

Pour copie conforme.

HOUDEYER,
Secrétaire en chef.

RAPPORT

Présenté à l'Administration centrale du Département de la Seine par le citoyen CAMBRY, Administrateur du Département de la Seine.

Citoyens administrateurs,

Vous ne négligez aucune des parties administratives qui vous sont confiées; vous avez le desir du bien; vous travaillez à réparer les maux et les désordres inséparables d'une grande révolution. Puisse la paix vous donner les moyens d'achever votre ouvrage!...

Chargé par vous de visiter les cimetières de Paris, d'en constater l'état, je les ai tous examinés. J'épargne à votre sensibilité le tableau que je pourrois tracer. Aucun peuple, aucune époque ne montre l'homme après sa mort dans un si cruel abandon.

Il est possible de ramener à l'ordre, à la nature, à la douce sensibilité, à la religion des tombeaux (j'ose employer cette expression de l'antiquité); mais des erreurs, des préjugés s'opposent encore au bien que les moralistes, les législateurs et le gouvernement ont entrepris pour le bonheur de leurs concitoyens, pour le bonheur des peuples libres.

C'est aux administrateurs à combattre ces préjugés. La confiance du peuple leur commande une activité, une audace que le philosophe n'a pas toujours.

J'oserai donc, avant de proposer les réformes, les plans, les travaux nécessaires à la réparation des sépultures dans le département de la Seine, citer quelques exemples, établir quelques raisonnements que je crois nécessaires à cette classe nombreuse d'hommes bons, mais trompés, qui suivent plutôt l'impulsion qu'on leur donne que celle de la *nature* et de la raison.

Le rapport que je vous fais est d'espèce à permettre quelques développements, puisqu'il doit servir de texte aux plans que vous faites graver, aux projets que vous présentez au gouvernement.

S'il s'est trouvé des êtres tellement placés sur la terre qu'ils aient pu perdre ou ne pas avoir l'idée de la mort, avec quelle inconcevable surprise ont-ils vu cesser le mouvement, la vie, le sentiment, chez l'homme qui venoit d'expirer dans leurs bras! Ils ont dû conserver long-temps l'espoir de le ranimer, de le réchauffer, de le voir renaître; ils l'ont visité, présenté souvent aux feux du soleil, et n'ont pris le parti de l'abandonner qu'après une putréfaction fétide qui les forçoit à s'écarter. Les dépouilles de l'homme alors devinrent la proie des animaux voraces, des insectes et des oiseaux.

Dans un état de civilisation plus avancé sans doute on enterra les morts dans sa maison, dans son verger. Les cimetières publics ne s'établirent qu'à la longue dans les bourgades, dans les villes; on les y supporta long-temps, sans penser aux maladies déterminées par le méphitisme qu'ils produisoient.

L'usage de les brûler fut le fruit de la civilisation perfectionnée. Toutes les matières formant le corps humain, développées, répandues dans les airs, transportées par les vents, s'unissoient par analogie aux corps, aux éléments qui se les approprient, et participoient par une éternelle métamorphose à toutes les combinaisons de l'univers.

L'amour, l'idée de l'immortalité, les systêmes religieux et leurs illusions, des hasards extraordinaires, combinèrent ces premiers moyens; une pensée subtile ou singulière entraîna souvent tout un peuple. Les Égyptiens, persuadés que les ames ressusciteroient avec les corps qu'elles avoient habités, embaumèrent les morts avec soin, les enveloppèrent de bois incorruptible, les déposèrent dans de vastes souterrains, à l'abri de toute humidité corruptrice.

Des peuples de l'Éthiopie enveloppoient le squelette de leurs parents d'une colonne de verre qui leur servoit de sarcophage.

On brûla les corps pour rendre ce qu'il y avoit de plus *subtil* dans l'homme au feu principe de la vie ; d'autres croyoient ainsi s'unir à la substance de l'élément du dieu qu'ils adoroient. Une *idée plus recherchée* empêchoit les Persans de souiller les flammes sacrées par le contact d'un cadavre.

Chez les Massagètes, dit-on, on assassinoit les vieillards pour leur épargner les dégoûts de leur âge, et l'on mangeoit leur chair, croyant leur rendre un hommage respectueux, et les revivifier en les identifiant à la substance de la jeunesse.

On enterra sur les montagnes, on *précipita* dans les flots les dépouilles de l'homme, on les plaça sur des estrades pour les livrer aux oiseaux carnassiers.

Ici l'on *immoloit* des milliers de victimes, des esclaves qu'on jetoit dans le bûcher chargés de

vêtements, de meubles précieux garnis d'or et
de pierreries.

Les femmes, les amis du mort, s'élançoient,
ailleurs, dans les flammes pour accompagner,
dans les espaces qu'ils alloient parcourir, les
êtres qu'ils ne pouvoient quitter, auxquels ils
avoient fait serment de ne pas survivre.

On feroit un volume des bizarreries que déter-
minèrent les suites de la mort, si l'on vouloit y
joindre sur-tout celles qu'ont enfantées les imaginations désordonnées des peuples nouvelle-
ment découverts de l'Amérique et de l'Asie.

Il résulte de la multitude de faits rassemblés
sur cette matière que, dans tous les pays, sur
les rochers de la Terre de Feu, dans les déserts
du nord de l'Europe, dans les vastes espaces de
l'Amérique septentrionale comme dans les
plaines heureuses de l'Euphrate, de la Grèce
et de l'Italie, chez les peuples les plus sauvages
comme chez les peuples les plus policés de l'univers, l'homme a révéré les cendres, les dépouilles de ses parents, qu'elles ont presque

par-tout été divinisées sous le nom de mânes,
d'ombres, d'esprits, et que quelques cyniques,
égarés par un esprit capricieux, ont seuls dédai-
gné les soins qu'on prend, après la mort, des
restes précieux de ses enfants, de sa mère, de
son vieux père, ou de l'ami de sa jeunesse.

Eh quoi! nous gardons avec plus de soin que
notre or et nos diamants le portrait de ce qui
nous fut cher, nous ne donnerions pas pour un
trésor les doux présents de l'amitié; et nous
pourrions abandonner aux insultes, à la bruta-
lité d'hommes et d'animaux féroces, les cendres
de ce qui charma, de ce qui sema de fleurs le
triste rêve de la vie!

Quoi! cet être sacré, la mère de mes enfants,
la douce compagne de ma vie, celle près de
laquelle mon cœur palpite aujourd'hui de respect et d'amour, me sera demain enlevée pour
être déposée dans un cloaque impur, à côté,
sur le sein du plus lâche, du plus exécrable scé-
lérat!

Cet ange de pudeur, cette fille de 16 ans, fré-
mira dans son lit malade... elle sera déposée
nue...! Ah! laissons ces affreux tableaux.

La vie de l'homme s'écoule au milieu de projets chimériques, et qui pourtant font son bonheur et le font positivement. Un père voit dans
son enfant le bienfaiteur de sa patrie; cette idée
l'anime, l'échauffe; il s'émeut, il soigne l'édu-
cation de cet enfant, il rayonne de vanité: le
présent double pour lui de charmes, l'avenir
s'embellit des plus douces espérances; il jouit
très réellement de ses succès imaginaires.

Et la douce idée du repos de la mort, au milieu d'un bois silencieux et solitaire, sur les rivages d'un beau fleuve, sur le sommet d'une
montagne, à côté du toit paternel, près de la
chaumière où nous connûmes l'amour et l'amitié, nous seroit interdite, parcequ'elle est, dit-on,
une chimère! Mais j'en aurai joui vingt ans,
trente ans, mais une de mes plus douces conso-
lations, quand la pensée d'une destruction in-

évitable frappera mon esprit, sera d'embellir le
néant, de supposer au clair de la lune un chœur
de gens heureux dansant à l'ombre des beaux
arbres que m'auroit consacrés l'amitié.

Je veux que mon tombeau répande une idée
douce, une pensée philosophique, ou même
quelque idée maligne.

Je veux que le portique qui lui servira de
frontispice prête une ombre hospitalière au voyageur battu par les vents et la pluie; je veux qu'il
puisse en paix y faire son repas frugal, et se dés-
altérer dans le crystal limpide d'une eau que
j'ai fait diriger pour lui.

Celle qui fit le bonheur de ma vie reposera
doucement près de moi; mes cendres s'émou-
vront peut-être à son approche, comme les
cœurs sensibles ont aimé à croire que les cendres
d'Abailard s'émurent quand on plaça dans son
tombeau le corps de sa chère Héloïse.

J'ai consacré ce chêne, emblême de la force,
emblême de la divinité, à la mémoire de mon

père; ce peuplier léger à mes enfants, il fut planté le jour de leur naissance; ce frêne à la puissance qui punit le crime; ce noyer à l'innocence persécutée; et ce bouleau à la science. C'est sous leur ombrage chéri, sous les roses, sous les lilas, sous des bosquets de fleurs pâles ou purpurines, que je veux reposer en paix, soit que je ne jouisse de cet état qu'en espérance, soit qu'après ma vie matérielle j'aie encore quelque sentiment du mouvement ou des scènes de ce monde.

Ah! c'est en vain qu'un froid raisonnement voudroit anéantir ces heureuses chimères ou cette consolante réalité; malgré sa morgue et son ton décisif, que sait, hélas! notre philosophie?

Mais, dira-t-on, que deviendra l'égalité si le riche repose dans un mausolée, et qu'une simple pierre couvre les dépouilles du pauvre? Eh quoi! le faste d'un tombeau ne rappelle-t-il pas souvent l'orgueil ou la stupidité de celui qui le fit construire? n'éternise-t-il pas la haine pour un tyran, le mépris pour un bas flatteur? Ah! croyez-moi, la faux terrible de la mort établit un niveau que quelques frises élégantes, ou des arabesques bizarres, ou de pompeuses pyramides, ne peuvent détruire. Qui n'a pas dédaigneusement souri du luxe de quelques sépultures, et qui n'a pas versé de douces larmes dans un cimetière de campagne?

Que de monuments dans la Grèce et dans l'Italie appartenant à l'opulence, à la grandeur, sont à présent cachés sous l'herbe! l'épitaphe qui les couvroit est effacée des tables de l'histoire, quand d'innombrables inscriptions, ou sur le marbre, ou sur le bronze, consacrent le nom, le pays, la profession du plus simple soldat, ou de l'artisan le plus pauvre! Ah! c'est en vain que l'homme veut établir une inégalité que le temps, le hasard et la nature contrarient.

La simple pierre sur laquelle je vois un myrte enlacé de roses, comparée au superbe tombeau

d'Auguste, me rappelle qu'il existe une inégalité réelle entre la destinée du pauvre et celle
du riche, mais qu'elle est en faveur du pauvre.

Le peuple françois doit sentir à présent combien il a besoin d'idées douces et sentimentales,
de signes, de rapports ingénieux, de liens de
toute espèce, pour ne pas retomber dans le dé-
nuement absolu qui l'a presque conduit à la bar-
barie. Il faut des stimulants pour vaincre l'iner-
tie; des lois, pour réprimer l'audace ou la stupidité féroce; des jeux, pour occuper l'esprit et
prévenir l'ennui, père de toute espèce de désor-
dre; du luxe, pour arracher au riche les trésors
que son industrie ou ses héritages lui procurè-
rent. L'impérieuse loi de la nécessité commande
le travail à tous les hommes; mais il est des mo-
ments d'inoccupation, de délassement, de lan-
gueur, qu'il faut remplir; ils doivent l'être par un
doux échange de services d'amitié, par d'aima-
bles vérités, souvent par de brillants mensonges:
la raison n'a besoin que d'elle-même pour agir,

pour se satisfaire ; mais aux cœurs sensibles, aux imaginations vives, il faut un aliment qui s'écarte souvent de ses lois graves et trop sévères.

Laissons donc à chacun la liberté d'agir conformément à ses goûts, à sa volonté. Sages, contentez-vous d'une urne simple ; riches, élevez des tombeaux qui nourriront l'architecte, le peintre, et *les mille et mille manœuvres* que vous employez.

Celui qui veut confier ses dépouilles à la terre doit pouvoir les lui confier : celui qui veut que le feu les décompose doit avoir la liberté de les répandre dans l'espace.

Toutes les volontés, tous les caprices, ne doivent connoître de borne que le mal qu'ils procureroient à la société. Eh ! qui pourroit ravir à l'homme libre le droit de disposer de ses cendres et d'employer une portion de sa fortune à les mettre à l'abri des injures du hasard, des orages, ou de la férocité des hommes ?

Le respect pour les morts tient plus qu'on ne

le pense communément à l'ordre social: celui qui, bravant toute idée douce et mélancolique, et l'espèce de culte qu'on doit aux dépouilles de l'homme, et le sentiment qui se prolonge au-delà de la vie pour les êtres qu'on chérit ou qu'on admira, est rarement utile à ses semblables, leur prête rarement une main secourable. La sensibilité du cœur est la mère de toutes les vertus: peut-elle exister chez l'homme endurci qui n'accompagne pas d'une larme, qui ne couvre pas d'une fleur l'ami qu'il conduit au tombeau? les froids calculs de sa tête sont parvenus à détruire tous les battements de son cœur, il ne voit plus autour de lui que des machines agitées par des rouages dont il se sert, et que souvent il brise sans remords.

Qui connoît l'histoire sait de quelle influence ont été dans l'univers les idées qui se sont prolongées dans l'épaisse nuit des tombeaux, et les rêves plus ou moins brillants d'un autre monde.

Qui ne verroit la mort avec horreur, s'il ne

s'étoit bercé de la douce idée d'assister encore
quelquefois aux rassemblements de ses amis et
de ses proches, de présider à leurs projets, d'être
cité dans leurs chansons, d'être montré à leurs
petits enfants comme la source de leur bonheur
et l'exemple des vertus douces qu'on voudroit
leur faire embrasser? Ah! ne détruisons pas ce
grand moyen de la société: que les cendres de
l'homme juste, renfermées dans un simple cercueil, ou dans une urne de porphyre, se trouvent
là sur mon passage : que la colonne du guerrier,
que la pierre tombale d'un sage, me portent à
de grandes idées, aux sacrifices nécessaires au
bonheur de la société, comme un bocage de lilas, comme un grouppe de deux colombes,
comme un chiffre amoureux, m'inspireront des
idées tranquilles, et cette disposition d'ame et
d'esprit qui fait régner la paix et le bonheur au
sein du cercle qui m'entoure.

Je me transporte quelquefois au milieu des
tombeaux de l'Attique, de Naples, et de l'Italie;

et c'est avec uné émotion mêlée d'enthousiasme et de mélancolie que je songe aux grands hommes dont les cendres y reposent. Que de mouvements barbares, de vociférations, d'assassinats, de stupidités, ont passé sur ces terres foulées jadis par Aspasie, par le brillant Alcibiade, où parloit Démosthène, où raisonnoit Socrate, où des sons enchanteurs partoient des flûtes et des lyres harmonieuses pour adoucir les mœurs des hommes, pour charmer les maux de la vie, pour procurer un doux sommeil! Je vois ces immenses palais, ces constructions gigantesques prolongées sur les rives de Pausilippe, près de Baies, près de l'Averne, où Lucullus, Adrien, Cicéron, vivoient au milieu des délices, sous le ciel de la Campanie, en face d'Ischia, de Caprée, du Vésuve. Le monde n'offre pas un site plus brillant et plus riche de sépultures, plus décoré de marbres, de corniches, et de fabriques élégantes, que les tombeaux de l'antique Mycènes, agrandis, ennoblis par les idées premières de l'Averne, de l'Achéron, du Phlégéthon, et des Champs-Élysées: les habitants de ces contrées s'y réfugient, égaient ces antiques demeures de la mort: d'un portique dont les emblêmes vous donnent des idées funèbres, sortent des femmes élancées, colorées, pressant contre leur sein l'enfant qu'elles allaitent: un parquet de marqueterie porte le feu qui cuit leurs aliments sous un plafond de légers arabesques: des nattes de jonc, des escabeaux, quelques vases grossiers, sont les seuls meubles de ces demeures romantiques. On se promène au milieu de ces ruines chargées de vignes et couvertes d'ormeaux, que les peupliers dominent, et qui forment avec le clocher d'un village où réside un pauvre curé l'assemblage le plus bizarre, près des cent portes de l'Averne, du réservoir de Lucullus, et près du tombeau d'Agrippine: contrastes singuliers, frappants, faits pour anéantir par leurs simples oppositions les stupides calculs de la vanité, et cette inégalité

3

prétendue qui n'exista jamais entre les hommes,
mais que chaque être vain veut établir en sa
faveur.

Avec quel sentiment de grandeur, avec quelles
idées élevées, sublimes, les Romains devoient
parcourir les milles de la voie Appienne, ces
temples, ces colonnes, ces pyramides, ces cip-
pes, ces sarcophages *dédiés* aux Servilius, aux
Metellus, aux Scipions, ceux des familles *Dura-*
nia, Turrania, Rubellia, établis sous la route,
placés au milieu d'arbrisseaux sur des collines
pittoresques, près de la vigne de Sénèque, sé-
jour d'amour et de méditation, où ce philosophe brillant vivoit auprès de Pompeia Pau-
lina sa femme ! Près du cinquième mille, en
s'approchant d'Albano, le voyageur trouvoit la
tombe de Tullia, fille de Cicéron; plus loin, la
sépulture de Gallien et de César, près de la campagne de Perse et du palais de Domitien, etc.

Mais c'est dans l'antique Étrurie qu'on peut
étudier sur-tout les *idées* singulières que ce

peuple, inventeur des arts et de toute magie,
avoit de l'homme après la mort. Avec quelle
piété les cendres des parents étoient déposées
dans des caveaux embellis par la sculpture, par
la peinture et tous les arts! Que d'urnes d'un travail parfait, que de patères du meilleur style,
que de brillants fleurons d'or ou de bronze, que
de scènes intéressantes sculptées sur le marbre
ou l'albâtre, antérieures à tous les monuments
de là Grèce et du reste de l'Italie! Aucun peuple
n'a prouvé plus de respect pour la cendre des
morts; nos ancêtres et les leurs, les Celtes et
les Gaulois, qui couvrirent le monde de leurs co-
lonies, qui répandirent dans l'univers leurs lois,
leurs usages, et leurs idées religieuses, dont la
Grèce reçut les lettres, qui furent dirigés par le
sublime collège des Druïdes, faisoient à ce qui
leur étoit cher les plus somptueuses funérailles.
Les morts, revêtus de pourpre, se déposoient sur
un vaste bûcher dont les arbres et les traverses
recevoient le plus beau poli. Les drapeaux con-

quis sur l'ennemi, des armures de toute espèce,
ornées d'émaux, d'élégantes ciselures, d'animaux relevés en bosse et disposés avec art, or-
noient ces riches pyramides chargées de fleurs
et de branchages hiéroglyphiques. Le bûcher
s'allumoit ; des lyres d'ivoire, des coupes d'am-
bre, des vases d'or, des vêtements de couleur
variée, les ustensiles les plus riches, étoient of-
ferts en sacrifice à l'ami qui venoit de cesser
d'être. Convaincue de l'immortalité de l'ame, que
l'esprit séparé du corps erroit ou dans l'espace
ou dans les sphères célestes, la femme se préci-
pitoit dans le bûcher de son mari. Les amis
(soldurii), religieusement attachés aux cheva-
liers gaulois, fidèles au serment qu'ils faisoient
à leur chef, à leur égal, se dévouoient pour les
accompagner dans les mondes nouveaux qu'ils
alloient parcourir. Le deuil duroit un jour : ce
peuple, qui bravoit la chûte du ciel et les fureurs
de l'océan impuissantes contre l'ame éternelle,
ne se laissoit pas vaincre par la douleur comme

les peuples affoiblis des contrées méridionales.

Les traces du respect de nos pères pour les cendres de leurs parents existent encore dans la ci-devant Bretagne : à des profondeurs de 20 à 30 pieds, sur les rivages de la mer, on trouve des tombeaux de brique ; ils renferment des ossements déposés dans des urnes d'une terre commune, mais d'une forme assez élégante : des murs revêtus de stuc, des parquets de marqueterie, trouvés dans ces contrées, à de grandes profondeurs, peuvent être les débris de bâtiments ou de tombeaux dont la richesse étoit égale à la somptuosité des funérailles de la Gaule.

Je m'arrête, et m'apperçois trop tard peut-être qu'entraîné par la fécondité de mon sujet je m'écarte de la brièveté que me commande ce rapport.

Il me paroît démontrer sans réplique qu'il est un sentiment existant chez tout individu, répandu sur toute la terre, avoué par chaque peu-

plade, conforme à la morale, à la plus saine
politique, qui nous porte au respect des dépouilles de l'homme ; que tout être libre peut disposer de ses ossements après sa mort, comme il
dispose de ses actions pendant sa vie ; que l'orgueil d'un riche monument est détruit par l'état
de mort de celui qui le fait construire; et que
l'égalité n'est pas plus compromise par un tombeau dans un cimetière que par un palais dans
nos villes. La liberté chez l'homme ne dépend
point de la richesse, mais de la faculté d'exercer
tous ses droits, de se livrer à ses caprices même,
quand ils ne nuisent pas à la société, aux lois,
qui seules ont droit de les contraindre.

NOTES.

Pomp. Mela, lib. I, cap. 9. *Mortuos, inquit, nec cremare nec fodere putant (Ægyptii), verùm arte medicatos inter penetralia collocant... Corpora mortuorum medicabantur myrrhâ, aloe, cedro, melle, sale, cerâ, bitumine, et resinâ odoribus et unguentis delibutâ.*

Sextus philosophus (Pyrrhon hypotypos. 24.) *At Ægyptii, intestina extrahentes, condiunt defunctos, et secum super terra habent.*

Pierre Hiérogl. dit que, « suivant la doctrine des « Égyptiens, tout, après une révolution de trente-« six mille ans, revenoit au même état. »

En Égypte les méchants rois étoient privés de sépulture, exposés aux bêtes, aux oiseaux. *Genèse,* 40.

Dans l'espèce de plaidoyer qui se faisoit en Égypte après la mort d'un homme, on ne parloit que de ses vertus ou de ses vices... jamais de sa noblesse ou de ses richesses, les regardant comme jeux du hasard. *Alex. Neap.,* lib. III, cap. 7.

Clariora fuere Æthiopibus; nam ditiorum monumenta ex auro fiunt, tenuiorum ex argento; inopes autem conduntur fictilibus. Alex. ab Alex. lib. VI.

Ex Æthiopibus autem ii qui sunt ichthyophagi in paludes ipsos conjiciunt, piscibus escam futuros. (Sext. philosop. Pyrrh. hypoty. 24.)

Sur les autres peuples de l'Afrique voyez *Rev. de Chynd.*, chap. XII.

Herodot., lib. I. *Quod videlicet defunctorum Persarum cadavera non prius humentur quàm aut ab alite aut cane trahantur.*

Xénophon, liv. VIII, introduit Cyrus ordonnant de le rendre à la terre après sa mort.

Humatio Persis olim in usu, non crematio. V. Cœmeteria sacra, Paris. 1638, in-4°.

Apud majores, nobiles aut sub montibus aut in montibus sepeliebantur. Servius.

Hercule, dit-on, brûla (le premier). *Argium Licymnii filium mortuum cremavit.* Thes. antiq. græc. Gron. t. XI.

Macrobius, l. VII, c. 7. *Licet urendi corpora defunctorum usus nostro sæculo nullus sit.*

Plin. l. VII, c. 54. *Ipsum cremare apud Romanos non fuit veteris instituti; terrâ condebantur.*

Primo quidem (les bûchers) *rudia erant et impolita; deinde poliri ea et asciari cœpta, donec leges XII tabularum iterum prohibuerunt* (Rogum asciâ ne polito).

Varro dicit pyras ideo cupresso circumdari, propter gravem ustrinæ odorem, ne eo offendatur populi circumstantis corona. Servius.

> Ditantur flammæ : non unquam opulentior illo
> Ante cinis; crepitant gemmæ, atque immane litescit
> Argentum, et pictis exsudat vestibus aurum.
>
> STAT. Theb. VI, in funere Achemori.

Une loi des XII tables défendit de jeter de l'or dans les bûchers... *Neve aurum addito.*

Etiam Lycurgus sustulit morem de pretiosis vestibus, voluitque ut Spartani sui puniceo tantùm amiculo oleæque foliis involutum tumulo componerent. Gronov., p. 1122, t. XI.

Si quando usus veniret ut plura corpora simul incenderentur, solitos fuisse funerum ministros denis virorum corporibus singula muliebria adjicere, et unius adjutu quasi naturâ flammei, et ideo celeriter ardentis, cætera flagrabant. Macrob., Sat., lib. VII, cap. 7.

On fermoit les yeux des morts, à Rome; on les ouvroit sur le bûcher... *Deinde accendebant; et quidem parentes, vel filii, vel genere proximi, vel uxores quoque... In imperatorum funere faciebat imperii hæres, et is plerumque filii... Quòd si contigisset novam nuptam ipso nuptiarum tempore excedere, tum facibus nuptialibus rogum accendebant.* Thes. græc. antiq. t. XI.

4

Cùm jam combustum credebant, ac residere flamma inciperet, porro extinguebant rogum; faciebant verò id vino, nempe in claris funeribus.

Quintus Smyrnæus, lib. III, in funere Achillis. *Tunc vino strinxere rogum...*

Non totum cadaver comburebant, sed digitum abscindebant, ad quem justa postea facerent. Gronov., t. XI, p. 1123.

Plin., lib. XIV, cap. 12. *Numæ regis posthumia lex est:* Vino rogum ne respergito.

Athenienses jam inde a Cecropis, primi ipsorum regis, tempore, corpora defunctorum terrâ condidisse auctor est Cicer., lib. II de L. L.

Plutarch., rom. quæst. *Et crematis parentibus, ubi primùm in os inciderunt, deum esse eum qui defunctus sit dicunt.*

Les dieux pénates, les larves, les démons des quatre éléments, étoient les ombres sanctifiées des ancêtres de chaque famille.

Voici quelques déclamations cyniques. *Non tumulum curo... Tabesne cadavera solvat, an rogus, haud refert... Cœlo tegitur qui non habet urnam... Nihil corpus ad nos, non magis quàm pili aut ungues... Nil refert igne comburi, aut supra terram existentem a canibus aut corvis devorari, aut defossum a vermibus.*

Vid. Cœm et. Henr. Spond., Parisiis, 1638, in-4°.

Les épitaphes anciennes portoient souvent un caractère de malignité, de plaisanterie, fait pour écarter toute idée funèbre; comme ils représentoient la mort sous les traits d'une belle femme endormie.

> Heus, viator, miraculum!
> Hìc vir et uxor non litigant.
> Qui simus non dico.
> At ipsa dicam. Hìc Bebrius
> Ebrius me ebriam nuncupat:
> Non dico amplius. Heu!
> Uxor, etiam mortua
> Litigas!

Elles présentoient quelquefois une énigme.

> Nulli præclusa est vir-
> tus : omnibus patet. Non quærit donum,
> Non censum, sed novo homine
> Contenta est.

V. *Hist. des grands chem. de l'emp., Paris,* 1622, *in*-4°.

Quelques notes sur les arbres et sur les fleurs funèbres ne déplairont peut-être pas ici : elles tiennent à la science la plus brillante et la plus douce, ignorée par beaucoup d'individus, mais dont les bases ne sont point perdues.

Strab., lib. XIV, ait: *Apollini et Dianæ mortes*

sponte accidentes imputant. Aussi, dans les maladies désespérées, les anciens mettoient un rameau de *laurier* sur la porte du malade.

Servius, AEneid. III. *Moris romani fuerat ramum* cupressi *ante domum funestam poni, ne quisquam pontifex per ignorantiam pollueretur ingressu.*

> Virg., AEneid. III. . . . . Stant Manibus aræ,
> Cæruleis mœstæ vittis atrâque *cupresso;*
> Et circùm Iliades crinem de more solutæ.

Pythagorici in myrti, oleæ, et populi nigræ foliis involvebant suos mortuos. Thes. græc. antiq. p. 1122.

> Idem ter socios purâ circumtulit undâ,
> Spargens rore levi et ramo felicis *olivæ*,
> Lustravitque viros, dixitque novissima verba.
> Virg., AEneid. VI.

Inimici verò caprifici *folia ingerebant, eaque gravia sepultis existimabant.* Meursius, de Funere.

Gaudere etiam Turcas in viridariis sepeliri, ideoque optimates hortulos floribus circumseptos, et arboribus adumbratos, muris cingere, ne bestiæ insultare aut locum conspurcare queant. Thevet., l. VI Cosm. c. 7.

La crépitation des feuilles de laurier lorsqu'elles reçoivent l'atteinte du feu révéloit une qualité cachée, comme l'ame l'est dans le corps. Cet arbre ombrageoit naturellement la tombe des héros.

Le pin fut, chez les anciens, un des symboles de la mort, parcequ'une fois coupé il ne pousse plus de branches, et que son ombre est dangereuse. Voyez la *Science héroïque;* Paris, 1669, *in-folio.*

Le cyprès étoit un arbre funèbre, par la même raison.

Lucain a dit:

> Et non plebeios luctus testata cupressus.

L'if, pour la noirceur de son feuillage, étoit un arbre funéraire.

Le peuplier pyramidal, tendant vers le ciel, étoit encore admis près des tombeaux.

Le frêne étoit l'emblème du sage qui punit le crime; le serpent meurt sous son ombre, dit-on. Voyez M. *Gilbert de Varennes;* Paris, 1636, *in-fol.*

Le houx représentoit le courage de se défendre.

Le lierre convenoit aux guerriers ; c'est un symbole de l'escalade. *Ibid.*

La rose appartient aux tombeaux comme emblème du silence... Rien ne devoit être plus secret que ce qui se passoit *sub rosa,* sous la rose : on plaçoit cette fleur sur les plafonds pour rappeler à la discrétion. *Ibid.*

Si ces ingénieux rapports n'étoient consignés que

dans quelques poëtes grecs ou romains, on pourroit
ne les considérer que comme d'heureux caprices :
mais ils existoient chez les Celtes, chez les Gaulois;
on les retrouve chez les Scythes, chez les Arabes,
chez les peuples du nord, en Égypte, dans les livres
des Juifs, chez les Chinois, et sur-tout chez les
Maures.

Le bouleau fut de toute antiquité l'arbre de la
science : les Druïdes écrivoient sur son écorce; ses
branches fragiles, emblême de la punition légère
qu'ils infligeoient aux écoliers, passèrent dans les
faisceaux étrusques. Les Romains les empruntèrent
de ce peuple. En Angleterre, en Espagne, de longues
branches de bouleau furent et sont encore dans la
main des juges un signe de puissance et de menace.
Cette idée subtile convenoit aux peuples qui par une
loi défendoient d'aiguiser le couteau qui frappoit les
coupables.

Pline nomme le bouleau arbre gaulois.

On répandoit des violettes et des roses sur les tombeaux. *Purpureos flores, ad sanguinis imitationem,
in quo est sedes animæ.* Servius.

*Ad sepulcrum ferunt frondes atque flores; addunt
nunc etiam lanam.* Varro, de L. L., lib. VI.

Manibus date lilia plenis. Virg., AEneid.

Hoc enim grave erat nullâ mercede hyacinthos
Injicere...... Propert.

Illustremque animam lethæis spargite sertis. Stat. l. V.

Ausone a dit :

Collige, virgo, rosas dum flos viget et nova pubes;
Et memor esto ævum sic properare tuum.

*Cæteri mariti super tumulos conjugum spargunt
violas, rosas, lilia, purpureosque flores.* S. Hieronym.
ad Pammachium.

Prudentius, de Exequiis (hymn.) :

Nos tecta fovebimus ossa
Violis et fronde frequenti;
Titulumque et frigida saxa
Liquido spargemus odore.

A quelle antiquité cet usage remonte! Clément
d'Alex., *Exord. ad Græc.,* assure que les corybantes,
*cùm fratrem suum occidissent, caput mortui purpurá
contexerunt, et coronatum sepelierunt.*

Lycurgue ne défendit pas les couronnes de fleurs,
quoiqu'il proscrivît le luxe dans les funérailles. Voyez
Guénebaud; Dijon, 1621.

Pline, liv. XXI, rapporte que le premier mort qui
fut couronné à Rome fut Scipion l'Africain.

Les feuilles employées aux funérailles étoient parti-
culièrement le laurier, le myrte, le peuplier blanc,
l'olivier: pour les grands personnages on employoit
l'ache, comme plante médicinale.

Tertullien dit *Apium fuisse inter coronamenta
Herculis.*

Plutarch., in Tymol. *Monumenta mortuorum sole-
mus piè coronare apio.*

Clément. Pædag., l. II, c. 8. *Tranquillæ securi-
tatis symbolum est corona; ideo etiam mortuos coro-
nant.*

Les habitants de Smyrne couronnoient d'or les
morts. *Cicero, pro L. Flacco.*

Lucian. de Luctu. *Lavabant, ungebant, splendidè
vestiebant* (mortuos).

On plaçoit des couronnes sur les tombes, *sepulcro
potius aptæ quàm capiti.* Les longues couronnes
furent défendues, parcequ'on les offroit aux dieux.
Ex longis, quales sunt quas propriæ Esculapio ferunt.

On trouva, dit-on, une couronne d'or dans le
tombeau de Cyrus. *J. Guénebaud;* Dijon, 1620.

Les anciens Romains avoient l'usage de lier les
couronnes avec des bandelettes de laine de diverses
couleurs; Pline et Festus les appellent *coronas lani-
ficas.*

Ces couleurs étoient significatives. Je ferois un livre du sens qu'on attachoit à leur mélange chez presque tous les peuples de la terre. On retrouve des traces de cette science des couleurs et dans nos vieux romans et dans les notes des anciens hérauts d'armes.

Le rouge et le noir réunis indiquoient un être infortuné, dégoûté du monde.

Noir et tanné, tristesse sans joie.

Bleu et tanné, patience dans l'adversité.

Incarnat et violet, faveur des grands.

Bleu et pourpre, succès à la cour.

C'étoit d'après ces ingénieux rapprochements que les couleurs étoient distribuées sur les chars qui se disputoient les prix aux courses à Pise dans les jeux olympiques, et dans le pays des Vénètes.

Les Romains firent justice de ceux qui se faisoient dresser de grands monuments sans les avoir mérités. C'est ainsi qu'on se plut à rire du tombeau de Licinus, barbier d'Auguste, qui, placé *in via Salaria,* à deux lieues de Rome, égaloit les mausolées des plus grands hommes. Varron fit ce distique :

Marmoreo Licinus tumulo jacet, at Cato parvo,
Pompeius nullo : quis putet esse deos?

Les citoyens qui n'avoient pas marqué dans le

5

monde se contentoient de, *columellæ*, *mensæ*, *saxa*, *cippi*, *labella*, *cupi*, *massæ*, *ollæ*, *ossuaria*, *nonæ*, *ampullæ*, *phialæ*, *thecæ*, *culinæ*, *laminæ*, etc.

Ubi corpus demortui hominis condas (dit une ancienne loi), *sacer esto.*

Une autre loi portoit, *Si quis de sepulcro abstulerit saxa vel marmora, sive columnas, aliamve quamcumque materiam, fabricandi gratiâ, sive id fecerit venditurus, decem pondo auri cogatur fisco inferre.*

Si l'on trouvoit dans une maison des démolitions prises d'un tombeau, la maison étoit confisquée.

Nullum plane illorum rituum sepulturæ ac funerum, quantumvis et dictu fœdum, et auditu horridum, nisi specie et opinione justitiæ, pietatis et religionis, usurpatum ab iis populis fuisse; nullamque usque gentem, sive immanitate barbaram, sive humanitate politam, extitisse, cui non et sepultura, et funerum solemnia, ipsaque sepulcra et sepulcreta, sacra, religiosa, et inviolabilia fuerint. Nullam ab orbis conditu in hanc usque diem fuisse uspiam religionem, seu veram, seu falsam, quæ non illa inter sanctiora sacrorum suorum mysteria habuerit: nullum aliquando jus, seu privatum, seu publicum, usurpatum aut cognitum fuisse, quod non illa comprobarit, commendarit, observandaque præceperit. (Vide *Cœmeteria Spondani;* Paris. 1638, in-4°.)

Ferocissima Tartarorum natio insigni hac in re animi moderatione, majorum suorum Scytharum insistens vestigiis, tantam sepulcris deferre venerationem consuevit, ut cùm aliquando urbem Mien in India ultra Gangem vi cepissent, nihilominus sepulcrum cujusdam regis illius regionis, quod inæstimabili suo pretio vel cunctam indigentissimam Tartariam locupletare potuisset, intactum omnino reliquerint, nefas existimantes quicquam attingere ex iis quæ dicata defunctis essent, haud secus ac quæ religioni sacra. (Paul. Venet., l. II, c. 44.)

Quid, quod fuisse dicuntur (Ortel. ad fin. Theatri.) *gentes quæ ossibus defunctorum loco nummorum uterentur in emptionibus et venditionibus?*

Deorum Manium jura sacra sunto, dit une ancienne loi. . . .

Scribit Cicero, *Sanctitudinem sepulturæ.*

Pœnæ porro sepulcri violati fuerunt infamia, mulcta pecuniaria, exilium, deportatio, manús amputatio, ac denique ultimum mortis supplicium; quas tibi, ne his distineatur, exhibent tituli digestorum et codicum Theodosiani et Justiniani de sepulcro violato.

La Béotie fut frappée de stérilité, *quod sepulcrum Alcmenæ a Lacedemoniis effodi sustinuissent, et ob fractam urnam quâ ossa Orphei continebantur, unde factum est ut sol illa videret, sequenti mox nocte, Libethra, urbs in Olympo olim celebris, apud quam erat monumentum Orphei, ingenti aquæ vi de cœlo effusa, eluvione torrentis præterlabentis, una cum hominibus et animalibus cunctis penitus excisa est.* (Pausan. in Bœot.)

Cùmque Agrigentinus dux Phœnix, bellum cum Syracusis gerens, Simonidis poetæ sepulcro perquam superbo inclementer dissipato, e lapidibus turrim extruxisset, urbs inde capta est. (Ap. Suid. verb. Simonid. Tyr.)

Plutarque *(in Pyrrh. et Sylla et Alex.)* dit que les destructeurs de tombeaux ont eu une fin malheureuse : *Infelicissimè mortui reperiuntur Pyrrhus, Sylla, Lysimachus, et alii.*

Saxogrammat., l. V, rapporte qu'en Danemarck, avant l'introduction du christianisme, des profanes voulant fouiller le tombeau de Baldevius, ancien roi du pays, dans l'espoir d'y trouver de l'argent, furent dispersés par un torrent tombant d'une montagne voisine, par punition du ciel.

Solon fit une loi... *Ne quis sepulcra deleret, gravi additâ pœnâ, si quis bustum, aut monumentum, aut columnam sepulcri violasset, dejecisset, fregisset.*

Antiquâ nostrâ lege Salicâ (tit. 17 et 57) *statutum legitur ut si quis hominem mortuum effoderit, expel-*

latur de terra , et inter homines non habitet ; et qui
hospitium ei dederit, etiamsi uxor ejus fuerit , graviter
mulctetur. Ut nulla fuerit unquam respublica bene insti-
tuta , quæ non improbaverit, et aliquá severiori pœná...

Hésiode , en parlant des tombeaux, dit: *Noli mo-*
vere quæ non sunt movenda. V. Suidas.

Les Chaldéens prédirent à Alexandre en danger
qu'il se rétabliroit s'il réédifioit le tombeau de Bélus,
détruit par les Persans , *et cujus violatione Xerxi cla-*
dem in Græcia et necem in patria a proprio filio obve-
nisse tradunt. (AElian , Var., 13. 3.)

Apud Senecam (in Troad. , act. 3). *Andromache,*
uxor Hectoris , elegerit proprium filium Astyanactem
neci prodere , quàm viri sui tumulum violari.

Apud Xenophontem (de dict. Socrat. , l. II) *testatur*
Socrates in electione magistratuum diligenter Athenis
inquiri consuevisse num eligendi solliciti essent de sepul-
tura suorum ornandisque eorum monumentis.

Épaminondas répétoit souvent à ses soldats : *Adite,*
o viri fortes , mortem sacram pro patria, pro majorum
sepulcris , *pro deorum aris.*

Jason , dans Euripide *(in Medea),* promet à ce
monstre d'oublier ses crimes , *si sibi permiserit filios*
sepelire ac lugere.

Demetrius (in Olymp.)*, scholiastes Pindari ,* dit que

Pluton permit à Sisyphe de retourner sur la terre,
pour punir sa femme qui ne l'avoit pas enseveli.

Mézence, roi des Toscans, demande pour faveur
unique,

Corpus humo patiare tegi. AEN EID. X.

Lactant. (Inst. 12). *Maximum pietatis officium est
peregrinorum et pauperum sepulturam...*

Thevetus, l. VI Cosmog. c. 7. rapporte cette loi
des Turcs: *Ne quis demoliatur, effringat, aut aperiat
sepulcrum alicujus Turcœ, Mauri, Judœi, Arabi,
Persœ, Gentilis, Christiani, aut alterius cujusquam:
qui secus fecerit, pœna esto indignatio principis, et mors.*

Artemidore, l. II, c. 2, dit: *Viro œgrotanti albis in-
dutum esse vestibus mortis imminentis signum est, quia
mortui in albis efferuntur; Romœ nigris.*

Fit gemitus: tum membra toro defleta reponunt,
Purpureasque super vestes, velamina nota. VIRG. AEN. VI.

Mollis purpurea in tunica decumbit Adonis.... BION.

*Super imperatorum sepulcra velum purpureum ex-
pandebatur.*

Lucianus de Luctu: *Nam libationes, pyramides, co-
lumnœ, tituli* (sont employées après la mort.) *Sunt
verò qui ludos quoque constituant ad sepulcrum, ac funebres orationes habeant. Post hœc, cœna.*

Oratio funebris Romæ in Rostris habita, Athenis in Ceramico extra urbem. La première oraison funèbre fut faite, à Rome, par Valerius Publicola, à la mort de Brutus. *Gronov., tom. XI.*

Périclès (dit-on) a été, en Grèce, le premier auteur des oraisons funèbres, et Solon, suivant l'opinion des autres... *Guénebaud;* Dijon, 1621, *in-8°.*

Sepeliebantur versus orientem Megarenses, et Phœnices versus occidentem. In singulis sepulcris cadavera quoque singula tantùm collocata. Gronov., t. XI.

Diog. (Laërt. in Solone) *ostendit sepulcra orientem spectantia, et familiarum nomina insculpta.*

Apud majores, nobiles aut sub montibus, aut in montibus, sepeliebantur. Servius.

Philostratus, in Heroïcis: *Sepelierunt ipsum (Ajacem) condentes in terra, monente Calchante nefas esse sepeliri qui mortem sibi conscivissent; item, qui naufragio periissent.*

Columella, l. II, c. 22: *Feriis publicis hominem mortuum sepelire non licet.*

Platon, *in Cratylo*, nomme le corps, σωμα *quasi* σημα, *id est sepulcrum.*

Les principaux auteurs qu'on puisse consulter sur les sépultures sont :

Alex. ab Alex.

Andreas Tiraquellus.

Ludovicus Cœlius Rhodiginus.

Lilius Gregor. Gyraldus.

Claudius Guichardus.

Thomas Porcaccius.

Joan. Meursius.

Joan. Kirchmannus.

Jac. Gutherius.

Guill. Bernardus Franciscanus.

Sibrandus Siccama.

J. Guénebaud.

Henric. Spondanus.

Gronovius.

S. M. Samuel, etc. etc.

On pourroit en citer beaucoup d'autres; mais ils ne font que répéter ce qu'ont écrit les écrivains que je viens de noter.

Servius, ÆNEID. II. *Moris fuerat ut ante rogos humanus sanguis effunderetur, vel captivorum, vel gladiatorum : quorum si fortè copia non fuisset, feminæ laniantes genas suum effundebant cruorem.*

Pyra ut lignorum congeries ; rogus, cùm ardere cœperit, dicitur : bustum verò jam exustum vocatur. Serv. ÆEneid. XI.

Plutarch. in vita Solonis. *Bovem verò immolare non*

permisit (Solon), neque plura tribus vestimenta in ro-
gum addere. Herodianus, l. IV.

Quintus Smyrnæus, l. III, in funere Achillis:

Tum vino stinxere rogum . . . . .
. . . . . . Nec robore vilem
Struxerunt de more rogum; nec bellicus agger
Curribus et clypeis, Graiorumque omnibus armis,
Sternitur.

STATIUS, Theb. XII.

Puerorum rogi solo lacte restinguebantur, et quidem
a matribus.

Statius, epicedio in filium:

. . . . . . Ardentes restinxit lacte favillas.

Primùm mortui manes invocabant, tum lotis mani-
bus ossa legebant, vino et lacte perfundebant, ventis
siccanda exponebant, siccata aromatibus et odoribus
commista reponebant, reliquiis deinde lacrymas su-
perfundebant. Gronov., t. XI, p. 1124.

Sueton. *Augusto C. C. reliquias legerunt primores*
equestris ordinis, tunicati et distincti, pedibusque nudis.

Cùm sepeliissent, etiam comam tondebant, et impone-
bant tumulo. . . . . Gron., t. XI, p. 1125.

Luctatius, ad Statii locum . . . . . *Libatio duabus rebus*
expeditur, lacte et sanguine. . . . . . *sed vinum quoque*
addebant.

6

Plutarch. Rom. quæst. 14. *Tertius verò repudiavit uxorem Publius Sempronius, quòd ludos funebres spectasset.*

Lessus, non vestimentum aliquod funebre,... sed ejulatio lugubris. Plautus Clare.

Thetis quoque ipsa lamentando lessum fecit filio.

Ipsæ enim in luctu (mulieres) etiam mammas laniabant.

Plutarch. in Consolat. ad Apollonium. *Ex ipsis verò barbaris, si qui luctum exercent, non animosissimi Germani, non Galli, aut si qui alii generoso plani sunt spiritu, id faciunt, sed Ægyptii, Syri, atque alii horum similes.*

Apud Nonnum (Dionys. l. XXXVII, in pr.). *Indi oculis non flentibus sepeliebant mortuos, tanquam qui vitæ mortalis terrestria fugissent vincula.*

Finito luctu, Apollini Græci et, triginta post, Mercurio quoque sacra faciebant. Gronov., t. XI, p. 1164.

Plutarch. Rom. quæst. 14. *Et crematis parentibus, ubi primùm in os inciderunt, deum esse eum qui defunctus sit dicunt.*

Juste-Lipse a dit des tombeaux:

Si non in usu, at splendore et voluptate fuit, quod monumenta et sepulcra passim ad viam assita, et latus utrumque prætexebant.... Il ajoute: *Quàm pul-*

cher ille aspectus viantibus! Quanta et seriorum et jo-
corum materies! Illic illustrium ingeniorum aut cla-
rorum virorum memoria et inscriptio ; alibi libertorum,
servorum, scortorum, superba monumenta mirari, do-
lere, illudere, etiam detestari, occasio erat.

En Grèce, on faisoit des libations de lait, de vin,
de sang, de miel et de safran, sur les bûchers. *Guéneb.*
p. 112.

Antoninus apud Herodianum, l. IV. *Phialamque*
manu tenens, vinumque libans, ventos precabatur.

Homère Iliad. Ψ. in funere Patrocli. *Supplicat ventis*
Achilles.

Si le vent enflammoit aisément le bûcher, c'étoit
un bon augure.

Quod ad libationem attinet, sacrificium et epulas,
iterabant ea quotannis, et parentalia appellabant: li-
batio, sacrificium, epulum, nono die fiebant, qui ulti-
mus funeralium.

Post lectum ferebantur in lancibus thura aliaque
aromata, comburenda unà cum mortuo.

Malgré le luxe des Romains dans leurs sépultures,
Sénèque disoit : *Æquat omnes cinis ; impares nasci-*
mur, pares morimur.

Platon, *l. XII de Legib.*, ne veut point qu'on fasse
de sépulcres plus grands ni plus superbes en ouvrages

que cinq hommes ne les puissent construire en cinq jours, et ne veut pas qu'on y puisse graver plus de quatre vers héroïques.

Des tombeaux étoient accompagnés de temples et de demeures pour les gardiens . . . . chez les Romains.

Les pyramides, ou pointes que les Grecs appeloient κωνος, les Latins *conus*, étoient admises dans les tombeaux « par similitude avec la pomme de pin ou « celle de cyprès, et autres arbres qui s'élevent en « pointe, lesquels originairement les Grecs appeloient « κωνοις. . . . *Hist. des grands chemins de l'empire*, « *p.* 264.

Ibid. p. 272. « Solon ne permit plus, par réforme, « sur la sépulture des morts, qu'une petite colonne « non plus haute de trois coudées, une tombe ou « table de pierre, ou une pierre creuse en forme de « bassin. »

« Le même Solon défendit de prendre aucune « partie de terre labourable et propre à porter fruit « pour y placer des tombeaux. »

Les lois propres à de petits pays, pauvres, sans terres, ne conviennent pas aux grands empires. Il est des occasions où le luxe doit être arrêté, supprimé; il en est d'autres où le législateur doit le favoriser.

On avoit placé une sphère sur le tombeau d'Archi-
mède; sur celui de Diogène, un chien *ex marmore*
pario.

Plutarch. in Vitis X. Rhet. *Isocratis monumento co-*
lumna imposita erat cubitorum triginta , in qua siren
cubitorum septem.

Lycurgus hoc (les mausolées) *Spartanis interdixit,*
nisi vir in bello, et mulier sancta obiïsset.

Le griffon sur les sépulcres étoit l'emblême de
la vigilance ; cet animal passoit pour avoir l'oreille
très subtile et pour entendre les voleurs.

Les Romains employoient une périphrase pour évi-
ter de prononcer le mot *mort.*

On ne connoît qu'un temple dédié à la Mort, *unam*
aram in extremis Gadibus, ut memorat Eustath.
Iliad. IX.

Chez les anciens, dit Servius, *Æneid. X*, quelque
part que mourût un homme, on le transportoit chez
lui. *Octavo die incendebatur, nono sepeliebatur.*

Plutarch. Rom. quæst. 14. *Parentes efferunt filii qui-*
dem velatis , filiæ verò nudis capitibus et capillis
solutis.

Mel antiquis symbolum fuisse mortis, fel autem
vitæ (Cœl. Rhodig., l. XXVIII, c. 27), *quia mors*
laborum meta est, quibus exuberat vita.

Hoc quod mortem plerique vocant, id ipsum est im-
mortalitatis exordium. (Max. Tyr. , orat. 25.)

Quis novit utrum vivere mori sit, mori autem vi-
vere? Euripid. in Orest.

Sophocles in Antig. Homerus Odyss. λ. σ. ω. κ.
aliique Græci illos secuti, hominis corpus δεμας *voca-*
runt, id est vinculum.

Les Grecs coupoient le doigt au mort avant de le
jeter dans le bûcher.

Apostoli I. Thess. c. IV, 13. *De dormientibus non*
contristemini, sicut cæteri, qui spem non habent.

Cicéron dit que les premiers peuples de l'Italie
croyoient qu'il existoit un sentiment après la mort.
Il ajoute que les lois des pontifes et les cérémonies
des funérailles le démontrent. *Itaque unum erat illud*
insitum priscis illis, quos cascos appellat Ennius, esse
in morte sensum.

Gruterus rapporte cette inscription :

T. LOLLIVS. T. LOLLII. MASCVLVS.

IIII. VIR. BONDICOMENSIS.

HIC. PROPTER. VIAM. POSITVS.

VT. DICANT. PRAETEREVNTES.

LOLLI. VALE.

Personne ne pouvoit se dire maître d'un sépulcre

chez les Romains : *Sepulcrum jure dominii nullus vindicare potest.*

Les Grecs nommoient κενοταϕιον un sépulcre vuide.

Pline appelle les pyramides, *regum pecuniæ otiosam et stultam ostentationem.*

Jules Frontin (*de Aquæduc.*, l. I). *Pyramides otiosas, inertia opera.*

Cicéron dit, liv. I Tusc. : *An tu, egressus portâ Capená, cùm Calatini, Scipionum, Serviliorum, Metellorum, sepulcra vides, miseros eos putas?*

« On nommoit coffres *(arcas)* de terre cuite ou de
« marbre des sépulcres faits en forme de coffres. On
« en trouve beaucoup en Champagne : j'en ai vu neuf,
« entre autres, longs de six pieds, larges de deux,
« trouvés à six lieues de Reims, dans chacun des-
« quels étoient étendus les os d'un homme avec son
« épée, et près de son épaule gauche un petit vase
« de terre plein d'une liqueur huileuse, que les bonnes
« gens pensoient être de l'eau bénite ». *Hist. des gr. chem. de l'emp.*, p. 267.

Épitaphe du poëte Nævius :

IMMORTALES mortales si foret fas flere,
Flerent divæ camenæ Nævium poëtam :
Itaque, postquam est orcino traditus thesauro,
Obliti sunt Romæ lingua latina loquier.

Servi epulas ferebant ad sepulcra.

Sextus philosophus (*Pyrrhon. hypotyp.* 24), de Pie-
tate erga mortuos... *Alii integra corpora componentes
terrâ tegunt, soli ostendere ipsos impium existimantes.
At Ægyptii, intestina extrahentes, condiunt defunctos, et secum super terra habent: ex Æthiopibus
autem ii qui sunt ichthyophagi in paludes ipsos conjiciunt, piscibus escam futuros: Hircani verò canibus
vorandos exponunt; alii ex Indis vulturibus etiam:
Troglodytis autem moris esse aiunt ut in aliquem col-
lem defunctum adducant, deinde, religato ejus capite
ad pedes, saxis non sine risu petant; cùm autem ag-
gere jactorum lapidum eum operuerint, discedant.
Sunt præterea nonnulli barbari qui eos qui sexaginta
annorum ætatem excesserint immolatos comedunt,
et eos qui juvenes obierint terrâ condunt.*

Cicero, lib. II de Leg. *Antiquissimum id fuisse ge-
nus sepulturæ, quo redditur terræ corpus.*

On a dit que Noé emporta les dépouilles d'Adam
dans l'arche, et qu'il en partagea les os à ses enfants.
Quem cæteris anteferebat (Noë), *Semo, primogenito,
calvariam donasse.*

Scytharum reges incerari... Herodot. lib. IV.

Qui manus sibi inferunt, indigni sepulturâ. (Cœmet.
sacra.)

Lactantius (Inst. XII). *Maximum pietatis officium est peregrinorum et pauperum sepulturam....*

Il y a quelques exemples dans l'Ancien Testament qui prouvent que les Juifs ont brûlé les corps de leurs rois.

Quare apud Athenienses, ait Pausanias, *pium semper existimatum fuit terræ mandare mortuos.*

Cùm enim res sacra sit sepultura, sacrilegium est illam violare.

Recentiùs Samogitiarum gens septentrionalis habuit in sylvis, quas ut sanctas ùtque deorum suorum domicilia colebat, pyras et focos ad comburenda defunctorum cadavera.

Les Nasamones, peuple de la Libye, juroient sur le tombeau des hommes justes.

Tacitus, Hist. lib. V, ait *Judæos ab Ægyptiis didicisse condere cadavera potius quàm cremare... Errasse illum dicunt exempla Saræ, Abrahæ, etc.*

Silius, lib. XII:

> Tellure (ut perhibent) is mos antiquus Iberâ,
> Exanima obscœnus consumit corpora vultur.

> At, gente in scythica, suffixa cadavera truncis
> Lenta dies sepelit putri liquentia tabo.

Pariterque Brachmanas, Indorum philosophos, di-

7

*xisse mortem esse nativitatem ad veram illam et feli-
cem vitam Strabo testatur*, lib. XV.

En Gaule on étoit dans l'usage de laver le corps des
morts du temps de Grégoire de Tours. *Lib. de Glor.
Confes.*, cap. 1o4.

Sogdiani interficiunt parentes.

Hyperborei, las de vivre, se jettent dans l'océan.

Iberi, quod Sil. Italic. docet, l. II Punicor., *vulturibus mortuos exposuerunt.*

De Parthis Justinus, l. XLI. *Sepultura vulgò aut
avium aut canum laniatus est.*

Cicero, Tuscul. *Magorum mos est non humare
corpora nisi a feris essent antè laniata.*

Sil. Ital., lib. XIII :

> At Celtæ vacui capitis circumdare gaudet
> Ossa (nefas!) auro; mensis ea pocula servant.

Pomp. Mela prête le même usage aux Essédons.

*Persæ et Parthi consueto more sepelierunt suos
equos, Molossi suos canes.* Teste Rhodigino, in antiq.
Lect., l. LVIII, c. 13. Statius, in epicedio Pilati :

> . . . . . Gemit inter bella peremptum
> Parthus equum; fidosque canes flevere Molossi;
> Et volucres habuere rogos, corvusque Maronis.

*Romæ, in hortis cardinalis Urbini, epitaphium tale
legitur...* Le tombeau de ce chien étoit orné de co-

lonnes de porphyre. Polliacus fit cette dépense et cette épitaphe :

Quod potui posui tibi, fida catella, sepulcrum,
Digna magis cœli munere quàm tumuli.

Clariora fuere Æthiopibus; nam ditiorum monumenta ex auro fiunt, tenuiorum ex argento; inopes autem conduntur fictilibus. Alex. ab Alex. lib. VI.

Ennius a dit :

Tarquinii corpus bona femina lavit et unxit.

Xénophon, liv. VIII, introduit Cyrus ordonnant de le rendre à la terre après sa mort.

Athenienses, a quibus plerasque non solùm leges, sed etiam ritus et ceremonias acceperunt Romani, jam inde a Cecropis, primi ipsorum regis, tempore, corpora defunctorum terrá condidisse auctor est Cicero, lib. II de L. L. Ipsumque Cecropem Athenis in Minervio terræ mandatum ex Antiocho refert Arnobius.

Abraham enterra Sara *in spelunca agri, juxta urbem Hebron, ab Hephrone Ehetæo empta.* (Gen., c. XXIII, 19.)

Adam sepultus fuit in urbe Hebron, in terra gigantum Hebron, seu Arba, sive (Cariath-Arbah), id est civitas Arbæ. Hic homo magnus in Enacim ipso.

Cares milites sepeliebantur armati. Thucydid., præf. de Bello Pelopon.

Apud Thraces, Herodot., l. V, *optimatibus eorum tales sunt sepulturæ: prolato triduum cadavere, mactatisque omnifariis hostiis, convivantur; illudque defletum priùs, deinde combustum, sepeliunt; aut aliter humo contegunt, aggestoque desuper tumulo, cum alia omnis generis certamina proponunt, tum præcipuè certa cum ratione monomachiam, id est singulare certamen.*

Apud Babylonios sepulcra in melle erant. Idem in eodem libro (Herodot., l. I): *sepulcra eisdem in melle fiunt; luctus funebris illi Ægyptiorum persimilis.*

Ludos gymnicos instituit in Arcadia Lycaon, funebres Acastus in Ioleo, post eum Theseus in Isthmo. Plinius, lib. VII, cap. 56.

Post hæc, peractis jam omnibus funeralibus, parentes et amici salve atque vale supremum sepulto dicebant.

A funere domum reversi, ignem supergrediebantur, atque ita se porrò purgabant; eaque suffitio dicebatur. Gron. t. XI, p. 1126.

Ædes quoque ipsas purgabant (avec du soufre et du laurier). *Fluxit hic purgandi mos ex Epimenide, qui primus id fecisse traditur.* Diogen. Laërt., in vita ejus. *Dicitur et ipse primus domos et agros purgasse.*

Homerus, Iliad. XXIV:

> Quem postquam famulæ lavare unxereque multum,
> Supremum addiderunt pretiosæ vestis honorem.

Asconius in Divinat. *Alii delubra dicunt ea templa in quibus sunt labra abluendorum corporum mortuorum, ut dodonæi Jovis, aut Apollinis delphici, in quorum delubris lebetes tripodesque visuntur.*

Ennius a dit:

> Exin Tarquinium bona femina lavit et unxit.

Virgil. AEneid. VI:

> Pars calidos latices et ahena undantia flammis
> Expediunt, corpusque lavant frigentis et ungunt.

Hominem in urbe ne sepelito, neve urito. Loi des XII tables.

Solon défendit d'ensevelir dans les villes.

On ne s'étoit pas contenté de la cause naturelle qui exclut les cadavres des villes, on y joignoit une idée religieuse. *Ne funestentur sacra civitatis*, disoit l'emp. Adrien.

Cicéron, sûr la défense de brûler les corps dans les villes, dit qu'elle fut faite, *credo vel propter ignis periculum.*

Selon le droit pontifical, *locus publicus non poterat privatâ religione sepulcrorum obligari.*

Quelques empereurs, des vestales, firent exception à cette dernière loi, et furent brûlés et enterrés dans la ville. Quelques privilégiés, comme les Valerius Publicola, etc. se contentèrent de se faire porter après leur mort au Forum, mais se firent brûler hors de la ville... Ils ne vouloient qu'établir leur droit.

Les Esquilies étoient des lieux hors de la porte nommée *Esquilina porta*, où l'on exécutoit à mort les criminels.

Hoc miseræ plebi stabat commune sepulcrum.
HORAT. l. I, sat. 8.

Duæ autem ante portas (Massiliensium) areæ jacent: altera quâ liberorum, altera quâ servorum corpora ad sepulturæ locum plaustro devehuntur. Gronov. t. XI, p. 1114.

In funebre nobilissimi cujusque solebant præferre imagines majorum. Porphyrion.

In ditiorum et nobilium funere mimi præcedebant, et imagines præferebantur majorum, ... nomina imaginibus apposita.

Expressi cerâ vultus singulis disponebántur armariis, ut essent imagines quæ concitarent gentilitia funera. Plin. l. XXXV, c. 11.

Dio, de August., l. XXVI. *Imago autem ejus cerea habitu triumphali conspiciebatur; hanc a palatio ducebant consules designati: altera aurea in curru triumphali ducebatur.*

Tacit. Annal. IV. *Funus imaginum pompâ maximè illustre fuit, cùm origo juliæ gentis Æneas, omnesque Albanorum reges, et conditor urbis Romulus, pòst sabina nobilitas, cæteræque Claudiorum effigies, longo ordine spectarentur.*

Imperatorum lectos ferebant senatores... Sueton. August., c. C.: *Senatorum humeris delatus in campum, crematusque.*

Herodian. l. IV, in funere Severi. *Ubi jam visus obiisse diem, lectum humeris attollunt equestris senatoriique ordinis nobilissimi, ac lectissimi juvenes, perque viam sacram in vetus forum deferunt.*

Pueros lactantes adhuc efferebant ipsæ matres, et ferebant sub uberibus.

Ovid. in Epist. Sapphus:

Non aliter quàm si nati pia mater adempti
Portat ad extructos corpus inane rogos.

Servorum et damnatorum cadavera per homines viles et mercede conductos efferebantur.

Incedebant autem tardo gradu (aux enterrements). Gron. t. XI, p. 1116.

Martial. l. VIII, epig. 75 :

Quattuor inscripti portabant vile cadaver.

Deinde sequebatur longo ordine populus, et capite in terram dejecto in tristitiæ signum.

Ferebant autem priùs in forum ad rostra, ut oratio ibi haberetur in laudem defuncti : dum verò laudatio perageretur, lectos deponebant sub ædiculis, quas ligneas fuisse docet nos Polybius, l. VI. Finitâ oratione, in rogum ferebant, prosequebanturque. Sed si ad rogum ire non libebat, saltem extra portam prosequebantur, atque tunc officio satisfecisse existimabantur.

Caussa autem non ulterius prosequendi erat vel cœli inclementia, vel longitudo etiam viæ; nam cremare cadavera intra quindecim ab urbe stadia non licebat.

Dio, l. XLVIII:

Nondum accensa pyra dicebatur; cùm accenderetur, rogus; cùm deflagrasset, bustum.

Virg. l. V I. . . . . . . Congesta cremantur
Thurea dona, dapes, fuso crateres olivo.

Herodianus, l. IV. *Igitur lecto in secundum tabernaculum sublato, aromata et suffimenta omnis generis, fructus herbasque, succosque omnes odoratos, conquirunt, atque accuratim effundunt.*

Quin et defunctos sese multi fictilibus doliis condi

*maluere, sicut M. Varro, pythagorico modo, in myr-
ti et oleæ atque populi nigræ foliis.* Plin. lib. XXXV,
cap. 12.

*Magos tamen sat scio factitare, quandoquidem apertè
faciunt, mortuumque cerâ involventes in terram condunt.* Jos. Laur. Lucensis, de Funeribus antiq.

Les anciens Romains ne brûloient pas les corps, ils
les enterroient: le corps de Numa fut trouvé sur le
mont Janicule, *in arca lapidea.*

Cicero ex Euripide, Hypsipyle: *Reddenda terra
terræ.*

Solon vouloit qu'on enlevât les corps morts avant
le lever du soleil. *Vid. Jo. Andr. Queustedii de Sepul.
veter.*

Lucianus, de Luctu... *Græcus exurit, Persa defodit,
Indus adipe suillo oblinit, Scytha devorat, Ægyptus
muriâ condit.*

Les dents étoient l'emblême de la résurrection et
de la vie, parcequ'elles ne brûloient pas avec le corps.
Pline, l. VII, c. 16.

Tertullien, *de Anima, c. LVII*, dit que les Celtes
dormoient près de la tombe des morts, pour recevoir
d'eux quelques inspirations en songe. On prête la
même coutume aux Nasamones.

Tradunt etiam in insula Comagra cadavera mortuo-

8

rum superstites siccata , pretiosis vestimentis , monilibus
ornantes, in templis et oratoriis domorum suarum asser-
vasse ; et in regno Cusco sepulcra sua in campis vel
nemoribus diis suis dicatis erecta habuisse; ac denique ,
Mexicanos et universos partium illarum populos sepul-
cra prope templa habuisse cum œdiculis et idolis.
V. Cœmet. Spondani, p. 72; Paris. 1638, in-fol.

Frothonis , Danorum regis , lex (Sax. Gram., l. V.)
ut si quis vespillonum corpora mortuorum spoliare ten-
tasset ; pœnas non solùm sanguine, sed etiam inhumato
cadavere , daret.

Que d'hommes se sont donné la mort, de peur, en
tombant dans les mains de l'ennemi, d'être privés de
sépulture! Asdrubal, Labeo , M. Antoine, etc.

Grand malheur chez les Juifs de n'être pas enseveli ,
Et non erat qui sepeliret.

Priam sollicitant d'Achille le corps de son malheureux fils, Mézence , Turnus , Virgile , Homère , démontrent quel prix on attachoit à la sépulture.

Josephus tradit regiâ magnificentiâ monumentum
Davidi fuisse extructum a filio Salomone.

Le conte des lions qui enterrèrent saint Paul prouve
le respect des chrétiens pour les sépultures.

Qui manus sibi inferunt, indigni sepulturâ.

Chez les anciens on immoloit le coq aux mânes, dont il troubloit le repos.

Les habitants du nord de l'Amérique périssoient sur les tombes de leurs ancêtres pour ne pas les abandonner. Pressés de quitter leur pays, ils s'écrioient avec fureur : « Dirons-nous aux ossements de nos « pères, Levez-vous, et suivez-nous dans des régions « étrangères? »

Avec quel saint respect les Tartares modernes s'approchent des monticules qui marquent les sépulcres des Scythes leurs ancêtres !

Il seroit intéressant d'examiner de quelle influence peut être sur les hommes l'idée de la mort, et le parti que la politique pourroit en tirer : éloigner cette idée comme les Romains, c'est exposer à de cruelles émotions celui qu'elle frapperoit inopinément . . . . la présenter par-tout, comme sous le règne de la terreur, c'est appeler le suicide, c'est détruire chez le criminel une crainte salutaire. . . . , c'est accoutumer l'homme à une indifférence , à une insensibilité destructrice de la société.

Quel effet la vue des tombeaux produit sur l'ame sensible de la jeunesse! Quel parti pourroit en tirer la morale ! . . Allez à Westminster. . .

Pour consoler de l'état incertain qui suit la mort on n'a pas besoin d'idées précises ; tous les peuples se sont contentés d'incertitudes plus ou moins brillantes.

Κοιμητηρια, lieu , suivant les Crétois, dit Athénée , *ubi peregrini et hospites dormiebant.*

Eustathe traduit le mot mort par *Decubare ad capiendum somnum.*

Les Lacédémoniens réunissoient les statues de la mort et du sommeil. Emblême de leur fraternité.

Homerus mortem ac somnum gemellos vocat.

Ovide a dit :

Stulte , quid est somnus gelida nisi mortis imago?

Job, c. 13, n. 13. . . . *Dormiens silerem, et somno meo requiescerem.*

Ubi enim amantissimâ conjuge Sarâ orbatus est vir alioqui præ cæteris dives, quadragintis argenti siclis agrum Ephron ad inferendum amissæ conjugis cadaver emit.

La famille de Jacob eut un tombeau sur lequel s'élevoit une grande pyramide accompagnée de douze plus petites. *Bochart. in Terræ sanctæ Descript.*

On a vanté l'usage d'enterrer, parceque, dit-on, on rend à la terre ce qu'on a reçu d'elle. La décomposition, la dispersion des matières formant le corps humain s'opèrent bien plus vîte par l'action du feu; on sert avec bien plus de célérité les opérations de la nature.

Cicéron rapporte cette loi qui divinisoit les morts: *Letho datos, divos habento.*

Claudien a dit :

. . . . . Occisos pulchrum juvare parentes.

Quintilianus VI Instit. *Jura per mea mala, per illos manes, numina doloris mei.*

Martial a dit :

. . . . . . Sanctam urnam.

Cicéron répète souvent, *sanctitudinem sepulturæ...* *sanctitatem sepulcrorum.*

Hermione, apud Orestem : (jure) *Per patris ossa tui.*

Les Hébreux, dans leurs funérailles, célébroient par des chants poétiques la mort de leurs grands hommes : ainsi David chanta la mort de Saül. . . . *Lugubri carmine Jeremias Josiam deflevit.*

Le pape Clément a dit: *Fratres vestros, cùm excedunt e vita, prosequimini cantu psalmorum.*

On enveloppoit de lin les prêtres égyptiens après la mort : *Propter colorem quem linum florens emittit, cæruleum colorem mundum æternum circumdanti similem.*

Les Athéniens réunissoient les os des soldats morts pour la patrie. *Ossa a chæronensi prælio Athenas deleta fuissent.* Thucydid. , l. II.

Pausan. in Attic. « *In via quæ ad academiam ducebat* « *suum omnibus fuisse Atheniensibus qui aut navalibus* « *aut terrestribus præliis pro patria mortem oppetissent* « *monumentum , cum elogiis nomen cujusque et tribum* « *testantibus.* »

Cet usage existoit aussi chez les Romains , qui quelquefois brûloient ensemble les corps des soldats , et conservoient un os de chacun d'eux, qu'ils rapportoient dans leur patrie. Pourquoi les François n'imiteroient-ils pas ces pieux exemples?

Les anciens ne pouvoient supporter qu'on mêlât des cendres étrangères à celles de leur famille; témoin cette épitaphe citée par Gruterus , pag. 304 , n°. 1.

> in h s   sive servus , sive libertus , sive
> liber , inferatur nemo. Secus qui
> fecerit, mitem Isidem iratam sentiat ,
> Et suorum ossa eruta atque dispersa
> Videat.

Durantes, in Rationali: «*Hedera quoque , vel laurus ,* « *et hujusmodi quæ semper servant virorem, in sarcopha-* « *go corpori substernantur , ad significandum quod qui* « *moriuntur in Christo vivere non desinunt.* »

Veteres Romani in agro Vaticano sua sepultura con-
diderunt. . . . Ædiculæ subterraneæ in Vaticano re-
pertæ. Ce lieu fut préféré, *nam is olim inhabitabilis et*
incultus habebatur.

On pourroit donner de curieux détails sur les sépultures des premiers siècles du christianisme, décrire
leurs tombeaux ornés de sculptures hiéroglyphiques.
On agite, dans un livre intitulé *Samueli disputatio-*
num Controversiæ, Taurini 1678, cette grande ques-
tion (De mortuo exeq. ac suffrag... p. 311, controver-
sia VIII) *an defuncti suffragia quæ sibi a viventibus*
fiunt sciant, et quàm valde utile sit ac prosit missæ
sacrificium pro eis oblatum, etc.

J'ai cru devoir citer ces notes, qui servent de base à
mon rapport: elles démontrent que je n'ai rien avancé
de vague, d'incertain. On pourroit les placer dans un
meilleur ordre, mais je ne peux accorder à mon amour-
propre un temps que je dois au public.

Omnia parisinæ civitatis sepulcra communia per-
lustravi: quàm multa ibi fiant visu et auditu fœda
mihi compertum est.

Vidi canes humaná carne nutritos. Vidi in homi-
num nequam corpora, quos sanguine contaminatos
gladius Themidis meritá morte percusserat, projici vir-
gines denudatas... Vidi, cùm ad sepulturæ locum

deferretur mortuus, vespillones cauponam intrantes, abjectis ad fores in scamnum flebilibus reliquiis, largo acerrimi liquoris haustu sese proluentes, pudore quolibet ita proculcato, ut defuncti cognatos lacrymantes collidere secum vascula et impiæ compotationis sumptum persolvere cogerent... Vidi cadavera simplici velo cooperta, capite nudo et pendente, ad tirunculum artis chirurgicæ ea suffuratum meridiano tempore turpiter asportata. Vidi omnino exui mortuos et in fossas communes contrudi, quæ horrendâ capitum et ossium semesarumque carnium colluvie oculos funestarent...

Vidi, cùm nudata viri et feminæ corpora humo committenda, qui propè aderant cavillis insectarentur. Vidi homines, ad fossam, vehementi cum indignatione vociferantes, istam corporum humationem tam nefariam furenter exsecrari... Vidi cantantes alios dum vacua feretra cruore morbidoque tabo vias inficiente rorantia gestarent humeris...

O vos, nomini gallico infensi, satanico risu subridentes quòd gens in tota Europa optimis moribus exculta eò vilitatis depressa fuerit, credite, cùm has paginas legeritis, penitùs sublatam fuisse tam projectam in mortuis sepeliendis morum licentiam.

NOTE

SUR LE CHAMP DE REPOS.

Le champ de repos (planche Iʳᵉ) doit être placé dans un lieu fort élevé, très aéré. Montmartre remplit ces deux conditions. On acquerroit dix hectares de terre, autour desquels on élèveroit un mur de quatre-vingt-un centimètres d'épaisseur et de trois mètres quatre-vingt-dix centimètres de haut. Dans la construction de ce mur on pratiqueroit des voussures (ou *columbarii*) dans lesquelles on déposeroit des urnes cinéraires. Quatre grandes portes, dédiées à l'Enfance, à la Jeunesse, à la Virilité, à la Vieillesse, serviroient d'entrée à ce grand *établissement*; elles conduiroient par quatre routes sinueuses au monument central, image du dernier terme de la vie. Ce monument (planche II) offre une pyramide de vingt-huit mètres de base; un trépied la couronne.

Cette pyramide seroit disposée dans l'intérieur de manière à ce que le travail nécessaire pour consumer les corps pût se faire sans que le public s'en apperçût. Les foyers destinés à cette opération sont placés dans les angles de la pyramide (planche IV); leur position

9

est telle qu'aucun mélange de cendres ne peut avoir lieu. On n'emploieroit pas le bois, devenu si rare, à l'entretien de ces fourneaux, ingénieusement disposés par la chymie moderne.

Dans l'intérieur de ce majestueux monument (pl. III) on déposeroit les cendres des grands hommes, de ceux qui, dans un poste éminent, se seroient sacrifiés pour la patrie. La vue des planches jointes à mon rapport donnera les détails qu'une longue description ne feroit qu'indiquer sans précision. On trouvera la plus grande harmonie, l'accord le plus parfait, toute espèce de convenances, dans les masses générales, dans les dispositions particulières de ce vaste édifice.

Les dix hectares de terre suffiroient à la totalité des enterrements de la commune de Paris. La planche V peut donner une idée de ce que deviendroit en peu de temps cet établissement couvert d'arbres, de fleurs, de beaux gazons, et de masses d'architecture.

La montagne de Montmartre renfermant des carrieres, il sera facile d'y faire pratiquer des catacombes, que de riches familles embelliroient de marbres, de peintures.

Les bâtiments indiqués dans le plan principal seroient occupés par les préfets des sépultures, par les gardiens des manufactures de briques sèches[1], de briques cuites, d'urnes[2]. Des atteliers de peintres, de marbriers, seroient établis près de ce grand édifice.

Le préfet des sépultures tiendroit les registres les plus exacts des corps qui leur seroient livrés.

Quatre autres bâtiments seroient élevés dans la commune; on peut en examiner les plans (planches VI, VII, VIII, IX).

On y déposeroit les corps sur des tables de marbre jusqu'au moment où les chars du soir les enlèveroient pour les porter au champ du repos. La forme de ces bâtiments est analogue à leur destination. Un

---

(1) Les briques sèches et cuites fabriquées sur les lieux, les pierres à plâtre qu'on tireroit des fouilles, diminueroient les frais de construction de ce mur. En obéissant à la loi qui destine les prisonniers aux travaux publics, moyennant une légère rétribution qui leur seroit délivrée tous les jours on achevèroit en peu de temps ces constructions. Il est inutile de rappeler ici combien la société, combien les prisonniers eux-mêmes gagneroient à cette mesure commandée par la raison et la philanthropie.

(2) Un artiste fabrique d'une terre blanche légère des urnes qu'on pourroit, à la manière des Étrusques, orner de dessins, de peintures ou d'épitaphes : elles ne coûteroient qu'un franc quatre-vingts centimes aux pauvres. Les ornements les enchériroient jusqu'à une somme indéfinie.

trépied, des candelabres et quelques ornements légers
en forment la décoration; sur le trépied on brûleroit
sans cesse des herbes odoriférantes et des parfums.

Des chars conduits par des chevaux, accompagnés
d'hommes à pied, précédés d'un commissaire à cheval,
recueilleroient les corps, les enlèveroient après une
visite qui constateroit les causes de la mort.

Les parents, les amis, auroient la faculté d'accompagner cette marche funèbre jusqu'au lieu de sa première
station, à l'un des quatre bâtiments que je viens de
décrire. Ils pourroient prendre toutes les précautions
qu'indique la prudence, et qu'il seroit facile d'établir,
pour être certains que les corps de leurs proches seroient respectés.

A la chûte du jour, quatre chars, attelés de chevaux couverts, enveloppés de drap de couleur violette,
guidés par quatre hommes à pied, précédés d'un commissaire, de deux trompettes ou trombones, et suivis
de soldats, iroient, au pas, porter les corps au champ
de repos, où l'on pourroit encore les suivre en voiture, à cheval, à pied. La plus grande décence régne-
roit dans ces pompes funèbres.

Concevoir de vastes projets, les reproduire par
la gravure, les décrire avec avantage, n'est rien si

vous ne savez trouver les moyens de leur exécution.

Les prix que chaque individu paie pour sa sépulture aux municipalités produisent une somme qu'on abandonneroit pendant trente ans à la compagnie qui se chargeroit des avances nécessaires à la construction des plans proposés, et des enterrements décents qu'elle substitueroit à ceux du moment. La latitude qui lui seroit accordée, les prix de convention, les bénéfices sur la location des voitures qu'elle pourroit fournir, ceux sur les urnes, sur les monuments qu'elle exécuteroit par l'entreprise, pourroient la dédommager de la dépense d'un million qu'il faudroit faire pour les établissements projetés.

Cette compagnie se présente[1]; mais les hésitations, les incertitudes du moment, des préjugés mal combat-

---

(1) *Cette compagnie se présente.* C'est dans le choix de ces compagnies que consiste sur-tout le mérite des administrations. Pour servir un grand projet on trouve facilement de ces charlatans qui, sans caution, sans fortune, entreprennent pour ne point exécuter, pour sous-louer *usurairement,* un marché, pour s'approprier pendant quelques mois le crédit et les avances de la république... Peut-on être la dupe encore de ces hommes sans morale et sans probité?... Il faut qu'une administration sage connoisse avec précision les principes et les moyens des hommes qu'elle emploie. C'est d'après ces données que le département de

tus, une rudesse de principes que le temps n'a pas adoucie, ne permettroient pas à l'administration de concéder cette entreprise sans avoir consulté l'opinion publique et celle du gouvernement.

la Seine a jeté les yeux sur la compagnie la S.... dont il connoît les ressources et les talents : il n'en est point qui, par son intelligence, par son économie, par les avances qu'elle peut faire, par les cautions qu'elle fournit, puisse mieux exécuter le projet sur les sépultures. Elle mettra dans ses travaux la solidité, l'élégance, la promptitude d'exécution, sans lesquelles une grande entreprise ne se termine jamais, ou ruine ceux qui voudroient l'achever.

Avec quelles sages précautions la même compagnie ne s'est-elle pas promis d'agir dans l'affaire importante qui lui a été confiée par l'arrêté du département de la Seine le 2 floréal!... Quel goût dans tous ses plans!.. quelle salubrité dans Paris!... quelle propreté dans les places publiques!... que de vexations détruites!... quel jour dans un abyme d'obscurité!... pas un individu lésé... ménagement pour tous... sagesse dans toute espèce de conception... prudence dans tout genre d'exécution... Elle ne se présente point en armes avec avidité, elle pénètre avec douceur. Se peut-il que de faux calculs, une excessive timidité, retardent dans le département de la Seine l'exécution d'un plan qui réalise les conceptions de tous les hommes éclairés qui se sont mêlés de police et d'économie civile depuis plus de deux cents ans?

Concéder les ports, halles et marchés, et par cette simple opération détruire une multitude d'abus, d'actes arbitraires;

Il seroit à souhaiter qu'elle pût agir définitivement,
et ne pas suspendre long-temps l'exécution d'un projet aussi précieux aux bonnes mœurs, à toute ame sensible, qu'aux amis de l'ordre et de la piété publique.

Supprimer 400,000 francs de dépenses et d'entretien qu'on fait
supporter à l'état;

Donner 400,000 francs par an aux hospices;

Diminuer les $\frac{5}{6}$ des frais prélevés pour la location des places
publiques;

Rendre salubres et sains des égouts d'ordures, d'infections,
de poissons, de légumes corrompus;

Embellir Paris de jolis bâtiments en briques soumis aux règles
du goût et de l'architecture;

Disposer ces bâtiments de manière à ce qu'on puisse étaler
avec propreté les fruits, les légumes et les fleurs qu'on débite
dans la première des cités;

Mettre les marchandises, les marchands et les acheteurs, à
l'abri des injures du temps;

Établir des fontaines nécessaires;

Construire dans les places publiques des tribunes en marbre
pour que les corps constitués puissent décemment proclamer les
lois, les entourer de grilles de fer pour que la malveillance ne
puisse s'en emparer;

Établir sur les ports des hangars qui préservent les vins et
autres marchandises de la fermentation, des déchets qu'ils
éprouvent exposés au soleil, à toutes les intempéries des saisons;

Tenir les quais, les routes de halage, dans un état parfait de
conservation;

Si le plan proposé étoit approuvé par le ministre, adopté par le directoire exécutif, voici quel seroit l'arrêté admis déja par le département de la Seine dans la séance du 14 floréal an 7.

Employer à l'utilité générale de vastes édifices inoccupés :

Tels sont les avantages positifs qu'on se procure en suivant le plan de la compagnie la S....

S'il étoit exécuté, si le champ de repos et ses dépendances étoient terminés, si l'on supprimoit l'hospice de la Pitié pour rendre au Jardin des Plantes un bâtiment, un terrain dont il ne peut se passer, pour rendre à la culture, à la marine, des enfants malheureux qu'on pourroit distribuer dans les campagnes, ou nourrir sur les rivages de la mer ;

Si les arrêtés du département de la Seine sur les théâtres, sur les gens de lettres, étoient mis en vigueur ;

Si, toute considération cessant, on proscrivoit les salles actuelles de *Louvois et de l'Opéra*, qui peuvent anéantir un trésor appartenant à tous les hommes, à tous les siècles, pour lequel tremblent l'humanité, la raison, la philosophie, dont la perte seroit plus funeste que celle de la bibliothèque d'Alexandrie, qui nous rend plus coupables par insouciance qu'Omar par fanatisme, que Henriot par férocité ;

Si les hospices, si les prisons, etc., etc.

Hélas !... on déclame avec force contre la possibilité d'exécuter de grandes choses, et l'on présente comme une Utopie ce que du bon sens, de la patience et de la fermeté termineroient avec aisance !

CAMBRY.

Pl. 1.

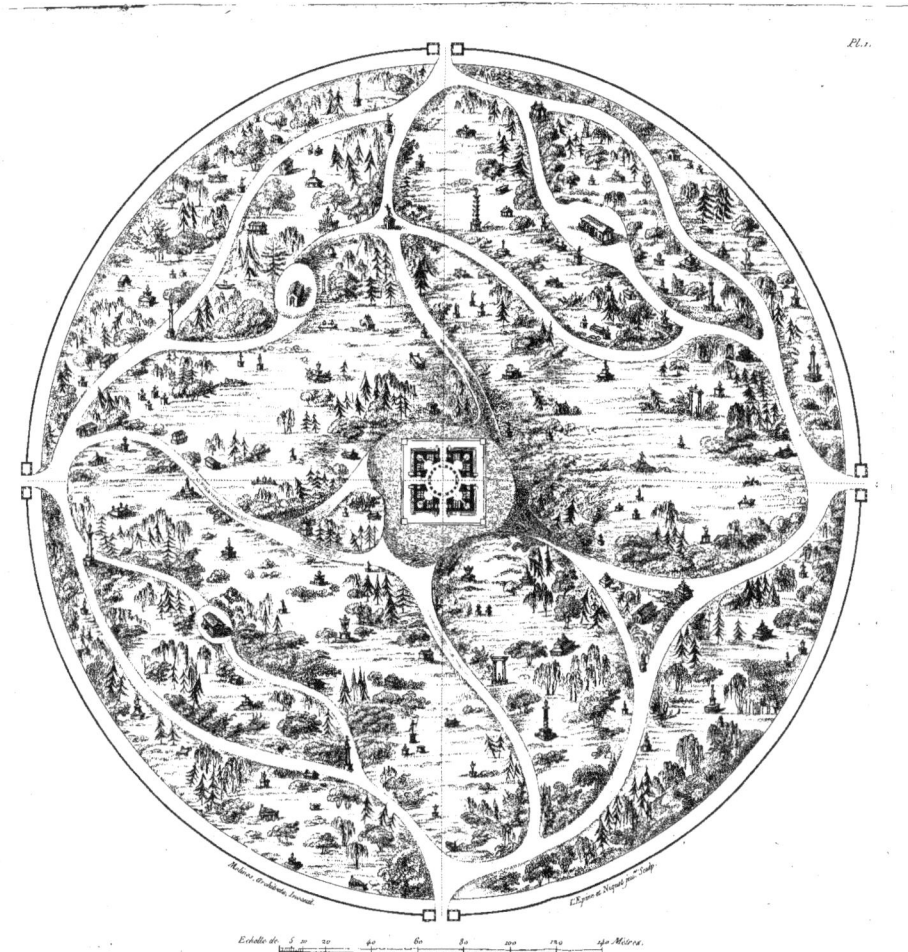

Plan du Champ de Repos.

Pl 4

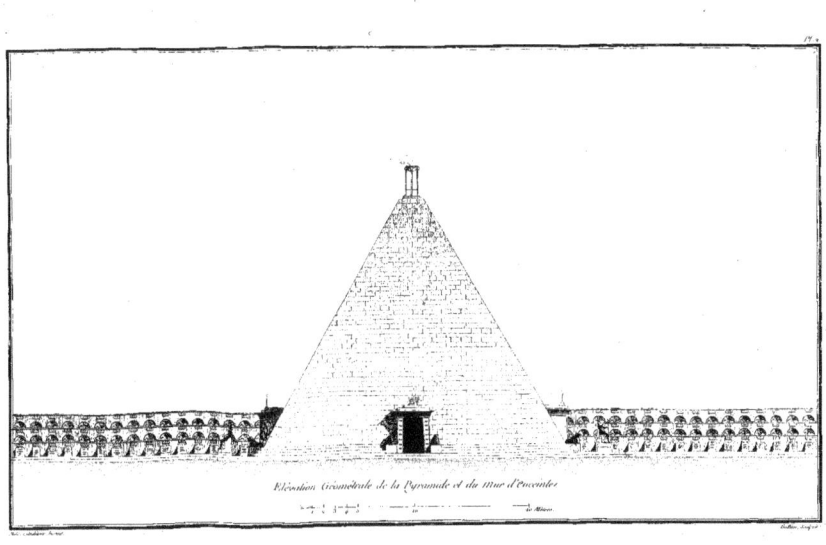

Elévation Géométrale de la Pyramide et du Mur d'Enceinte.

Del. Audebert del.   Sellier Sculpsit

Pl. 3.

Coupe de la Pyramide.

2 2 3 4 5   10   20 Mètres.

Molinos, Architecte, Invenit.   Gallien, Sculpsit.

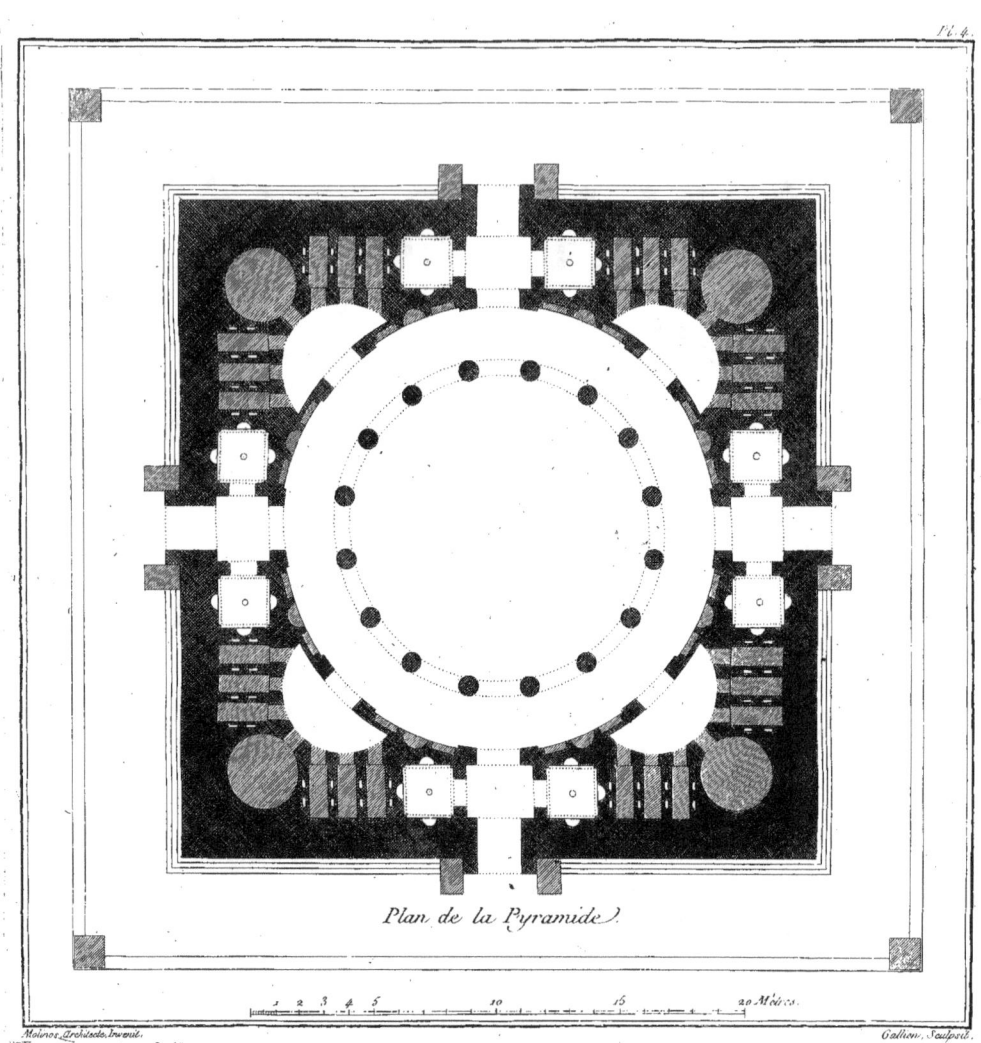

Pl. 4.

Plan de la Pyramide.

1 2 3 4 5   10   15   20 Mètres.

Molinos Architecte Invenit.

Gallion Sculpsit.

Élévation transversale.

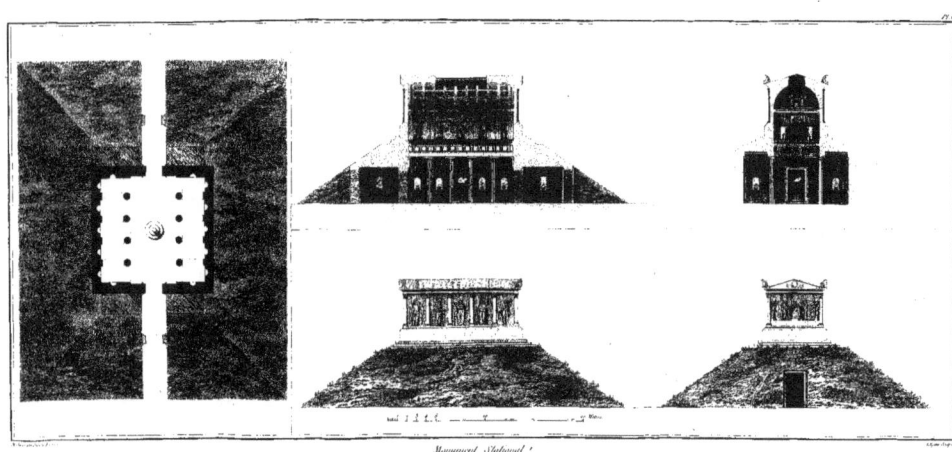

Pl. 6.

Monument Nubiensel 1

Monument Sépulcral e

Pl. 5.

Monument Sépulcral.

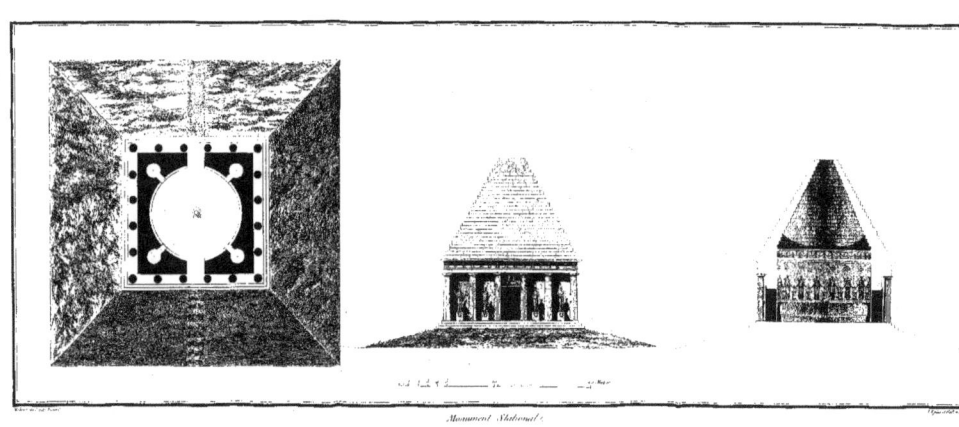

Monument National

PROJET D'ARRÊTÉ

DU DÉPARTEMENT DE LA SEINE

SUR LES SÉPULTURES.

PROJET D'ARRÊTÉ

DU DÉPARTEMENT DE LA SEINE

SUR LES SÉPULTURES.

L'ADMINISTRATION centrale du Département,

Considérant que de tout temps les lieux de sépulture ont été éloignés de l'enceinte des cités, qu'ils ne se sont trouvés renfermés dans Paris que par l'agrandissement successif de cette commune, et que les citoyens n'ont jamais cessé de réclamer contre cet abus funeste, tant sous l'ancien gouvernement que depuis l'établissement de la république;

Considérant que les inhumations doivent être faites avec décence et dignité, et que le lieu des sépultures publiques doit avoir un caractère imposant et convenable à une grande cité;

Considérant que, dans les temps anciens, la

plupart des peuples ont été dans l'usage de brûler les corps, et que cet usage n'a été aboli, ou
plutôt n'est tombé en désuétude, que par l'influence qu'ont eue les opinions religieuses; qu'il
est avantageux sous tous les rapports de le réta-
blir, et que d'ailleurs la faculté de s'y conformer
n'empêchera pas celle de rendre les corps à la
terre ainsi que d'autres peuples l'ont pratiqué
et le pratiquent encore;

Oui le Commissaire du Directoire exécutif;

Arrête :

ARTICLE PREMIER.

Il y aura un champ de repos pour la commune de Paris.

II.

Ce champ sera situé hors des murs.

III.

Il sera d'abord procédé à l'établissement de
ce champ sur la *montagne* appelée vulgairement
Montmartre, laquelle portera désormais le nom
de Champ de repos.

IV.

Ce champ de repos et les bâtiments qu'il devra renfermer seront conformes aux plans et élévations représentés planches I, II, III, IV, V.

V.

Il sera construit dans l'enceinte de la commune de Paris quatre monuments particuliers qui porteront le nom de dépositoires.

Ces monuments seront conformes aux plans et élévations représentés pl. VI, VII, VIII, IX; ils devront être achevés à la même époque que l'enceinte du champ de repos.

VI.

Le champ de repos et les *dépositoires* auront chacun un concierge particulier.

Ces concierges devront savoir lire et écrire.

VII.

Les corps seront enlevés à domicile et conduits au dépositoire trente-six heures après *décès*.

VIII.

Ils seront transportés du dépositoire au champ de repos à la naissance du jour ou à l'approche du soir.

IX.

Il y aura un char funèbre pour trois arrondissements du canton de Paris.

X.

Il aura la forme d'un tombeau antique ; il sera attelé de deux chevaux, et conduit par un cocher expérimenté, qui sera accompagné de deux porteurs dont les fonctions seront de descendre les corps et de les placer sur le char.

Ce char conduira les décédés du domicile au dépositoire.

XI.

On ne pourra placer qu'un corps sur chaque char.

Il y aura des chars de plus petite proportion pour les enfants.

XII.

Les chars destinés à transférer les corps du dépositoire au champ de repos seront assez grands pour contenir plusieurs corps.

Ils seront attelés de quatre chevaux.

XIII.

Les conducteurs de chars seront responsables des corps qu'ils auront enlevés jusqu'à ce qu'ils les aient remis à leur destination.

XIV.

Les parents et amis des décédés seront libres d'accompagner les chars s'ils le jugent convenable.

XV.

Pour leur en faciliter le moyen, il y aura, près de chaque dépositoire, des voitures de deuil dont ils pourront se servir en payant le prix qui va être fixé.

XVI.

Il sera payé, pour le transport et inhumation

de tout individu décédé au-dessus de douze ans, la somme de 30 francs.

Pour ceux au-dessous de cet âge, 15 francs.

Dans ces sommes sera compris l'achat du cercueil.

Pour chaque voiture de deuil, 5 francs.

XVII.

Les transports et inhumations des décédés indigents seront faits gratuitement, et il leur sera fourni un cercueil.

XVIII.

Seront seuls réputés être décédés dans l'indigence ceux qui auront reçu pendant leur maladie les secours des comités de bienfaisance.

XIX.

Le produit annuel des transports et inhumations dans tout le canton de Paris sera employé à l'établissement et entretien du champ de repos, dépositoires et chars, au salaire et habillements des concierges, conducteurs, porteurs, et autres préposés nécessaires aux inhumations,

XX.

Pour l'emploi le plus économique desdites sommes il sera établi un mode particulier, de concert avec les administrations municipales que la loi du 27 vendémiaire an 7 a chargées des dépenses relatives aux cimetières.

XXI.

Tout individu décédé qui ne sera pas destiné à une sépulture particulière, conformément à l'arrêté du département du 28 frimaire dernier, sera conduit à la sépulture publique pour y être inhumé ou, consumé par le feu, ainsi que ses parents, amis ou ayant cause le desireront, à moins qu'il n'ait lui-même, avant son décès, exprimé par écrit son intention à cet égard.

XXII.

Les parents ou ayant cause d'un décédé qui voudront en recueillir les cendres pourront assister collectivement ou choisir un d'entre eux pour être présent à la consommation du corps.

11

XXIII.

Les cendres d'un décédé ne pourront être refusées à celui de ses parents ou amis qui les réclamera.

Il en donnera un reçu au concierge du champ de repos.

XXIV.

Il y aura dans l'enceinte du champ de repos un dépôt d'urnes funéraires, parmi lesquelles il y en aura toujours au prix d'un franc 80 centimes.

XXV.

Les frais de confection prélevés, le reste du produit de la vente des urnes sera employé aux dépenses désignées en l'article XIX.

XXVI.

On n'ouvrira plus de fosses bannales, ainsi qu'il a été pratiqué jusqu'à présent, mais seulement des tranchées où l'on placera les corps sur deux rangs. On étendra un lit de terre sur chaque corps aussitôt qu'il sera descendu dans la tranchée; et au fur et à mesure qu'elle sera remplie, on la couvrira d'arbustes et de fleurs de toute saison.

XXVII.

Les concierges des dépositoires et du champ de repos donneront aux conducteurs des chars un reçu de chaque corps qu'ils ameneront; et les conducteurs remettront ces reçus à leur administration municipale.

XXVIII.

Il est expressément défendu d'arrêter les chars dans leur marche, et d'interrompre le cortège de ceux qui les suivront et les accompagneront, sous peine d'être poursuivi comme embarrassant la voie publique.

XXIX.

Les arrêtés du département du 23 germinal an 4, du 22 floréal an 5, et 28 germinal an 7, sont maintenus dans toutes les dispositions qui ne sont pas contraires aux présentes.

FIN.

www.ingramcontent.com/pod-product-compliance
Lightning Source LLC
Chambersburg PA
CBHW071113260626
47162CB00006B/2307